U0055617

十字屋的小丑

十字屋敷のピエロ

東野圭吾

王蘊潔　譯

導讀——

以本格為起點的創作歷程

推理作家·陳嘉振

如果提到東野圭吾，台灣的讀者首先會想到——？

我認為大多數的讀者應該跟我一樣，想到的是《白夜行》、《徬徨之刃》或《黎明破曉的街道》那類被影像化且看起來不那麼「本格」的推理作品。這些作品大多有個共同點，故事當中對人物的背景和犯案動機皆有相當程度的剖析與探討，至於解謎的成分則不像傳統本格推理那麼濃郁。

然而，喜愛東野圭吾那類作品的推理迷，若是回顧這個作家的創作歷程，追溯到起點，也就是在一九八五年榮獲日本知名推理小說獎項「江戶川亂步獎」的那本出道作《放學後》，必定會感到驚訝：原來東野圭吾也寫過那麼「本格」的推理作品啊！

造成東野圭吾的創作歷程有如此顯著差異分野的原因，或許要從日本推理小說「社會派」的興衰講起。日本八〇年代的推理界，正好處於「社會派」由盛轉衰的過渡時期。講究寫實、反映社會現況的「社會派」歷經長時間的發展，逐漸變得過度寫實而失去解謎樂趣。

「社會派」的興盛讓一些崇尚「解謎至上」的本格推理迷大感不滿，因為注重解謎的「本格派」在「社會派」興盛的這段期間一直被壓抑著；「社會派」的衰敗則讓那些不滿的本格推理迷開始醞釀未來在一九八七年掀起「新本格浪潮」的能量——一九八五年以《放學後》拿下江戶川亂步獎的東野圭吾，彷彿是向日本的推理讀者預告「社會派」即將在未來交出推理文學主流的頭銜。

《放學後》雖然打著「青春校園推理」的名號，但書中卻有讓本格推理迷如癡如狂的「密室殺人」謎團，怎麼看都很難不把《放學後》歸類在本格推理的範疇。

等到兩年後，綾辻行人那部以奇特建築為賣點的《殺人十角館》出版，掀起了「新本格浪潮」，以往被「社會派」排擠到角落默默耕耘的本格推理作家們，此刻宛如掙脫束縛的鷹隼，紛紛隨著這波浪潮，開始展翅翱翔。

以《放學後》出道的東野圭吾自然也沒有在這場本格盛宴中缺席，陸續推出以解謎為主的本格推理作品，像是帶有「附會殺人」題材的《白馬山莊殺人事件》，或是具有「暴風雨山莊」樣貌的《在大雪封閉的山莊裡》。

而一九八九年出版的《十字屋的小丑》更讓我見識到東野圭吾展露近似島田莊司和綾辻行人這類本格推理高手利用「奇特建築」來設計謎團的才能。

以「奇特建築」為主題的本格推理，一直是「新本格浪潮」當中一塊特別且知名的領域，原因無他，掀起「新本格浪潮」的主力戰將綾辻行人就是主攻「奇特建築」詭計來打響自身的名號。

綾辻行人筆下的館系列作品，部部皆讓本格推理迷津津樂道，這類作品裡頭都必定會出現一棟由某位知名建築師打造出的奇特建築物，不是外觀奇特炫麗，就是內部構造擺設暗藏玄機，像是外觀呈現十角形的「十角館」，或是館內收藏各式各樣時鐘的「時計館」——這類內含「奇特建築」的推理作品，風格顯而易見。

《十字屋的小丑》書中有一棟十字形狀的建築物，數起命案就發生在裡頭，雖然我一看到建築物平面圖，心裡早就預期作者必定會利用與建築物相關的事物來設計謎團，但在偵探解答真相之前，卻仍猜不出作者葫蘆裡頭賣什麼藥，等到最終真相揭露的那一刻，才如夢初醒，同時對作者的精心設計大為讚嘆。

值得一提的是，書中小丑人偶的敘事觀點也是本書特別之處，一具擺放在命案現場附近的小丑玩偶，竟被作者賦予生命，在書中不時擔任起敘述者的角色，告知讀者一些相關的命案資訊，讓讀者可以從案件關係人以外的觀點來逼近真相——這樣的安排實在是相當特殊難得。

就我這位喜愛東野圭吾的推理迷而言（本人也從事推理創作，還是專攻本格推理這塊領域的創作者），即便東野圭吾後期對人性描寫細膩的作品令我深深著迷，不過能夠看到他早期創作這類本格推理風格強烈的作品，卻也別有一番樂趣（同時也有一份親切感）。
相信其他喜愛東野圭吾作品的讀者們，一定也能跟我一樣，得到類似的樂趣。

目錄

主要人物

竹宮水穗　相隔一年半，回到了竹宮家的十字屋。
竹宮宗彥　竹宮產業董事長，前董事長竹宮賴子的丈夫。
竹宮佳織　宗彥的獨生女，水穗的表妹。
竹宮靜香　竹宮產業創始人幸一郎的妻子。賴子的母親。
竹宮賴子　幸一郎的長女。
竹宮琴繪　幸一郎的次女。水穗的母親。
近藤和花子　幸一郎的三女。
近藤勝之　和花子的丈夫。竹宮產業董事。
青江仁一　寄宿在十字屋內的研究所學生。
永島正章　出入竹宮家的美髮師。
松崎良則　賴子三姊妹的堂哥。竹宮產業董事。
三田理惠子　宗彥的秘書。
梅村鈴枝　竹宮家的管家。
悟淨真之介　追蹤小丑下落的人偶師。
小丑　悟淨的父親製作的人偶，據說會帶來悲劇。

（小丑之眼）

當我被人從狹小漆黑的紙箱裡拿出來時，眼前有一張男人的臉。

男人打量著我的身體後，心滿意足地點了一下頭。我不知道他對什麼感到滿意。

他把我夾在腋下，把原本用來裝我的紙箱放回原處，關了燈，走出了房間。這裡似乎是儲藏室。

男人帶著我走上狹窄的樓梯。樓梯上方是掛著豪華水晶燈的休息區，但他穿越那裡，走向通往樓上的樓梯。這裡的樓梯比較寬。

樓梯上方是扇形的挑高空間，樓梯盡頭放了一個黑色裝飾矮櫃，男人用手掌輕輕擦拭上面的灰塵後，把我放在上面。我的腳底感受到一陣涼意。

男人退後幾步，再度打量著我，然後點了點頭。他的眼光如刀般銳利，令人產生危險的預感。

他嘀咕了一句，但聲音太小了，我沒有聽見。從他的嘴形判斷，可能說了聲：「很好。」但我也可能猜錯了。

他把我留在裝飾矮櫃上，轉身離去。

這個櫃子是我最初的落腳處。

我巡視周圍。眼前是一條鋪了深胭脂色地毯的走廊，走廊兩側有兩個房間相對，繼續往前走是陽台。陽台外一片漆黑。我又看向相反的方向，眼前的走廊和另一條走廊交叉。

牆壁的顏色也是深咖啡色。雖然很沉穩，但色調有點暗，而且天花板上只亮了幾盞小燈，並沒有發揮照明的功能。

如果我的感覺沒錯，我是在兩天前從都內的某家骨董店送來這個家裡，但送到之後，連包裝紙都沒打開，就直接被丟進了儲藏室。所以，我甚至不知道這裡是哪裡，誰住在這裡。

夜晚真寧靜。

整棟房子被寂靜吞噬了，我甚至覺得剛才那個男人的嘀咕聲似乎還凍結在眼前。

不一會兒，這份寧靜就被打破了。

像野獸般的叫喊聲突然響徹整棟房子，那個聲音宛如不吉利的風穿過走廊。

我聽到開門的聲音。走廊交叉處再往裡面走的房間打開了門，房間內走出一男一女，男人用雙手抱著年輕女人的身體，女人的雙手抱住了男人的脖子。兩個人都滿臉驚訝地看向這裡。

下一剎那，有人突然衝上我眼前的樓梯。一個身穿白色睡裙的女人散亂著一頭齊肩長髮，當她來到我面前時，我突然感受到一股強大的力量，然後就掉落在地毯上。我完全不知道發生了什麼事。我躺在地上，看到那個女人抓著長髮，再度發出不像是人類的叫聲衝向陽台。當她打開通往戶外的門時，冷風吹了進來。

「賴子，妳怎麼了？」

我聽到一個男人的聲音。但是，那個女人似乎沒有聽到他的聲音。她衝到陽台上，毫不猶豫地爬上了欄杆。

「賴子！」

「媽媽！」一男一女同時叫了起來，但女人的身體已經懸在夜空中。只聽到年輕女人的慘叫、男人的尖叫，和女人的身體墜地的聲音。

第一章　輪椅

1

二月十日，星期六。

竹宮水穗來到豪宅前時，並沒有立刻按對講機，而是緩緩打量著整棟建築物。

這是一棟北歐式的兩層樓建築，白色的牆壁更突顯了深咖啡色的屋頂。雖然從正面看時難以察覺，但如果從上空俯瞰整棟建築物，就會發現這棟房子的屋脊向東西南北延伸成十字形，因此，本地人都稱竹宮家的大宅為「十字屋」。

水穗沒來由地嘆了一口氣，把手從大衣口袋裡伸了出來，按了對講機。屋內立刻有了回應，對講機中傳來管家鈴枝的聲音。水穗自報姓名後，鈴枝請她趕快進去。

走進大門，她踩著石板往裡走。水穗把沒有拿皮包的手插進大衣口袋，涼風拂著她的一頭長髮。

她來到玄關時，厚重的浮雕大門立刻從裡面打開了。

「水穗小姐，好久不見了。」

鈴枝滿臉笑容迎上前來，她看起來比之前瘦了點，臉上的皺紋好像也增加了，但姿勢一如往常地挺拔。

「鈴枝嫂，午安，最近好嗎？」

「我很好。看到妳也很不錯，我就放心了。」

鈴枝向她鞠躬說話時，裡面傳來地板的摩擦聲。水穗抬頭一看，一個身穿黑毛衣、灰色長裙的年輕女人坐著輪椅緩緩靠近。她的五官屬於典型的日本古典美女，臉上還殘留著少女般的敏感。但水穗從兩個人的年齡差異推算，她今年應該二十歲了。水穗在上個月滿二十五歲了。

「妳這麼快就到了。」

輪椅上的年輕女人興奮地說。

「好久不見，最近還好嗎？」

水穗嫣然一笑回答後，脫下了鞋子。

「很好，非常好，好得不能再好了。」

年輕女人說完，呵呵地笑了起來。

她的名字叫佳織，是竹宮家的獨生女，因為先天性疾病導致不良於行，所以從小就一直坐在輪椅上。

水穗跟著佳織來到客廳，坐在沙發上。雖說是客廳，但感覺像是博物館，到處擺設著骨董留聲機、製作精巧的娃娃屋、套在一起的變形鐵環，還有木片貼花工藝品，乍看之下似乎毫無脈絡，但其實都是各種益智遊戲。這棟豪宅的主人竹宮宗彥喜歡蒐集這些東西。

水穗拿起一個智慧環。盒子上印著「DRAGON」幾個字。這是法國生產的，要把兩個頭盔形狀的鐵環拆開。

「今晚阿姨也不來，太可惜了。」

佳織一臉遺憾地說。

「新年之後，她就一直在工作室工作。我媽是個怪胎，中元節或是新年這種節日對她來說根本沒有意義。」

水穗玩著智慧環，苦笑著說。

「這代表她對藝術充滿熱情啊。真羨慕，我也跟著阿姨學畫好了。」

「我勸妳還是趁早打消這個念頭，她只要一拿起畫筆，簡直就像魔鬼一樣。」

水穗開玩笑說，佳織吃吃地笑了起來。

水穗的母親竹宮琴繪是佳織母親賴子的妹妹，水穗的父親正彥在三年前去世。父親去世後，琴繪和水穗改回了竹宮的姓氏，母女兩人自由自在地生活。正彥生前是藝術家，琴繪也是日本畫的畫家。

「我想聽妳說澳洲的事，那裡很棒吧？」

佳織用有點撒嬌的口吻說道。水穗和佳織都是獨生女，所以從以前開始，佳織就像是水穗的妹妹。

「當然很棒啊。除了地方很大，連天空都很開闊，而且覺得天空特別高，很奇妙。」

水穗剛從澳洲回來不久。大學畢業後，她曾經做過不少工作，卻一直沒有找到自己中意的職業，所以就出國去散心。

「真好，我也好想出國。」

佳織雙眼發亮，好像凝望著遠方般看著斜上方。她似乎在想像澳洲的大地。

──看來似乎不必擔心。

水穗看到佳織這麼有精神，稍微放了心。

佳織的母親賴子去年年底去世，對有先天性肢體障礙的佳織來說，失去深愛自己的母親所受到的打擊，應該就像被推入了深淵。今天剛好是賴子尾七的日子，水穗來這裡之前，還以為今天會看到她一把眼淚、一把鼻涕地哭訴。

「對了，之前我無法出席葬禮，真對不起。」

水穗為之前的事道歉。得知賴子的死訊時，她還在澳洲，當時有事無法回國，所以沒有出席葬禮。

「沒關係，這種事不重要。」

佳織說著，露出不自然的笑容，稍微垂下雙眼，但她立刻抬起眼睛，用開朗的聲音說。

「要不要喝茶？上次我試了蘋果茶，發現很好喝。」

說完，她準備坐著輪椅離開。

「等一下，蘋果茶晚一點再喝吧。」水穗輕輕舉起右手，「我要先向姨丈打聲招呼，他在哪裡？」

「我爸去墓地了，花子阿姨他們也一起去了。」

「是嗎……外婆也去了嗎？」

「不，外婆在自己房間裡。她說最近有點累，所以就不去了。現在好像……永島好像在她房間裡。」

水穗內心有點驚訝。因為佳織在提到「永島」的名字時稍微遲疑了一下。

「那我去打聲招呼。不過，既然永島在，還是晚一點去比較好？」

「沒關係，應該快好了。我們去吧。」

「好啊。——但是這個智慧環好難，真的可以拆開嗎？」

水穗從剛才就試著拆開手上的智慧環，卻完全拆不開。

「借我一下。」

水穗把智慧環交給她，佳織花了幾秒鐘的時間，一下子就拆開了。

「妳太厲害了。」

水穗不由地感到佩服。

「沒什麼厲害的，因為我知道機關。水穗姊，妳喜歡益智遊戲和魔術之類的嗎？」

「有點興趣。」水穗說，「姨丈也有很多這方面的書籍吧？」

「不知道……下次我問一下爸爸。」

「那就拜託妳了。」

「我最討厭益智遊戲了，」佳織咬牙切齒地說，「一旦知道機關就結束了，又要去找新的，簡直就像毒品一樣。」

「所以，姨丈是中了毒嗎？」

水穗從沙發上站了起來，欣賞著掛在牆上的巨大拼圖。那是一幅風景畫，聽說佳織的父親宗彥最近很迷拼圖。

「對啊，普通的東西無法滿足他。」佳織一臉認真地說完後，催促著水穗，「那我們走吧。」

客廳角落有一個一平方公尺的長方體柱子一直通往天花板。那是一座小型電梯。因為佳織行走不便，所以特地為她設計了電梯，讓她可以坐著輪椅在屋內自由活動。水穗和佳織一起走進電梯，按下操作鍵。

走出電梯，來到鋪著長毛地毯的走廊上。水穗好久沒踏進這個家了，十字交叉的走廊也讓她感到懷念。

水穗和佳織的外祖父竹宮幸一郎建造了這棟被外人稱為十字屋的房子，幸一郎最先投入林業，建立了竹宮產業，並將事業版圖擴大到不動產和娛樂業。他向來對自己旺盛的行動力和健康的體魄感到驕傲，但一年半前因病去世了。

幸一郎膝下沒有兒子，生了長女賴子、琴繪、和花子三個女兒。由賴子招贅繼承了竹宮家，賴子招贅的對象宗彥曾經是幸一郎的下屬。

三女和花子也嫁給了竹宮產業的員工，只有水穗的母親琴繪嫁給了完全不同領域的藝術家，但幸一郎似乎也沒怎麼反對。因為他也對藝術方面有濃厚的興趣。

身處這棟奇妙的建築物中，水穗也可以感受到幸一郎對藝術的興趣。

水穗和佳織走在向北側延伸的走廊上。中途有樓梯，對面的牆邊放了一個裝飾矮櫃，裝飾矮櫃上放了一個五十公分大小的少年人偶。少年人偶站著，左側有一匹小馬，小馬身上有紅色的馬鞍。

東側走廊的中途也有樓梯，旁邊也有一個裝飾矮櫃，水穗發現裝飾矮櫃上放了一個花瓶。

走廊兩側有兩個房間相對，左側是她們的外祖母靜香的房間。

去外祖母的房間前，佳織坐著輪椅繼續前進，來到陽台上。水穗也默默跟了出去。

「就是爬上這裡的欄杆，然後跳了下去。」

佳織摸著陽台的欄杆說道。水穗站在她身旁往下看，這棟建築物建在斜坡上，只有北棟的房子有三個樓層，最底樓的地下室是儲藏室和音響室，可以從那裡走出後院。後院鋪著草皮，但通道是水泥地。陽台的正下方也是水泥地，賴子應該就是從那裡墜落身亡。

「當時無法阻止嗎？」

雖然水穗知道現在說這些也是多餘，但還是忍不住問。

「我無能為力。」

佳織露出悲傷的表情後用力深呼吸，似乎強忍著內心的情緒。

「那時候，我和爸爸在我的房間說話，突然聽到可怕的叫聲。爸爸立刻抱著我衝出房間，看到有人衝上樓梯——」

「是賴子阿姨？」

水穗問，佳織停頓了一下，用力點頭。

「她衝到這個陽台上，下一剎那，就跳下去了。一切都在轉眼之間發生。」

「是喔……聽說那時候家裡沒有其他人。」

「是啊，大家都出門了，只有我和爸爸在家。爸爸把我抱上輪椅後，下樓去

北

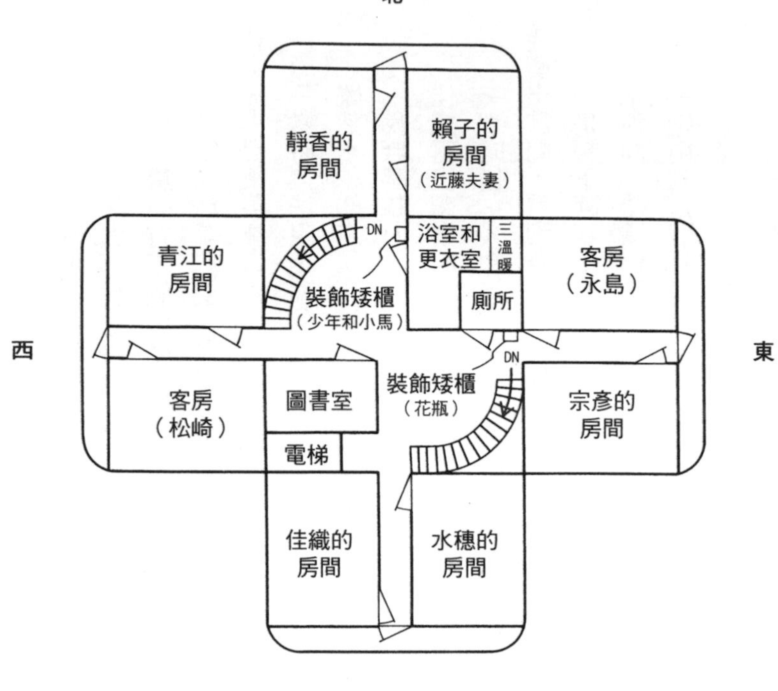
靜香的
房間
賴子的
房間
（近藤夫妻）
青江的
房間
DN
浴室和
更衣室
三
溫
暖
客房
（永島）
裝飾矮櫃
（少年和小馬）
廁所
西
東
DN
客房
（松崎）
圖書室
裝飾矮櫃
（花瓶）
宗彥的
房間
電梯
佳織的
房間
水穗的
房間
南

北

十字屋 2F

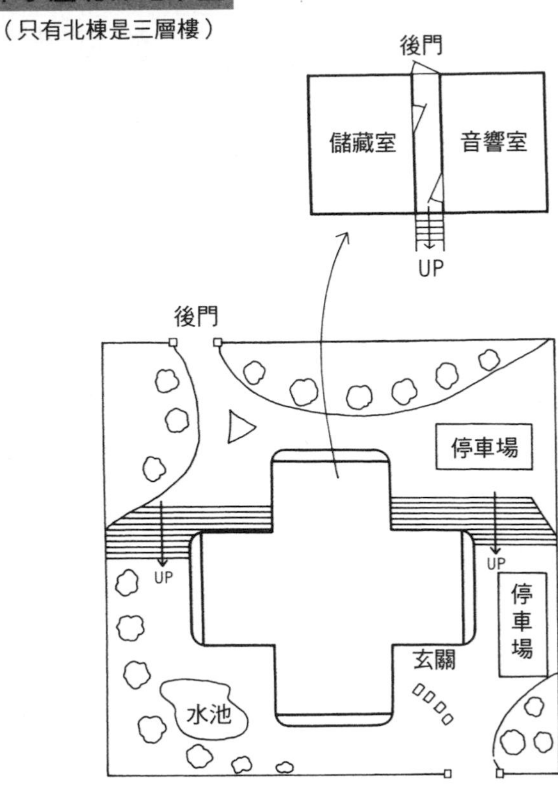

十字屋平面圖

了後院。我就從這裡看著媽媽的情況。」

佳織用力握著陽台的欄杆，閉上了眼睛，似乎回想著當時的情景。「媽媽就像是白色的花瓣，就像白色花瓣飄落在地上。」

水穗再度往下看。水穗知道佳織深愛她的母親，想像她當時的悲傷，一時不知道說什麼才好。

「爸爸說，媽媽有憂鬱症。」佳織張開眼睛，「聽說媽媽因為工作壓力很大……晚上幾乎睡不著。」

「是喔……」

水穗很瞭解賴子。聽說賴子是因為憂鬱症自殺，只是水穗至今仍然難以相信。

賴子是家中的長女，也許是因為這個原因，在幸一郎的三個女兒中，她也最優秀。她在本地知名的女子大學附小到高中就讀期間，成績總是名列前茅，大學也考進了一流國立大學的經濟系。畢業後進入了竹宮產業，被安排到業務企畫部後，發揮了得自幸一郎真傳的行動力和獨創性，接二連三地實現了各項新企畫。公司的其他人原本以為老闆的女兒進公司只是千金小姐玩玩而已，但很快就在她的活力帶領下，共同為公司打拚。

幸一郎原本打算找一位有實力的下屬入贅當賴子的夫婿，繼承竹宮產業，但見識到賴子的才能後，發現完全沒有這種必要。因為賴子完全有能力繼承家業，所以，他致力培養賴子成為下一任董事長，讓賴子自由挑選入贅女婿的人選。賴子挑選的對象就是相馬宗彥。

賴子是典型的才女，但絕對不是滿腦子只有工作的冷酷女人。在幸一郎去世、她接任董事長一職後，仍然像以前一樣細心體貼，也持續投入音樂和繪畫的興趣愛好，感情很豐富。

大家都愛她。

沒想到賴子自殺了，而且是因為憂鬱症，毫無預警地自殺了——

「對不起，」佳織露出寂寞的笑容，「原本並不打算聊這些，還在想等妳來了之後，一定要聊一些開心的事。」

「沒關係。」

水穗推著輪椅離開陽台，來到靜香的房間前。

佳織敲了敲門，裡面傳來老婦人溫柔的聲音。當水穗跟著佳織走進房間時，坐在安樂椅上的靜香大聲叫了起來。

「啊喲，水穗，妳什麼時候來的？好久不見，差不多……有一年了吧。」

靜香的圓臉上帶著滿滿的笑容迎接她。雖然她的臉上可以看到歲月的痕跡，但她的皮膚看起來依然白皙光滑，一頭銀髮和這棟歐式建築十分相稱。

「上次是外公葬禮的時候見面，所以有一年半了。外婆，好久沒看到妳了。」

水穗深深鞠了一躬。

「歡迎妳來，不要站在那裡，趕快坐吧。」

聽到靜香這麼說，水穗把坐墊放在地毯上坐了下來。因為整棟房子都有地板暖氣，所以腳底很溫暖。

「水穗，我記得妳是去澳洲留學吧？」

在靜香旁邊整理皮包的永島正章問。永島在附近開了一家美髮沙龍，每個月會來這裡幾次為靜香整理頭髮。

「也不算去留學，只是去走走看看。」

「以後是國際化的社會，這些經驗一定可以成為寶貴的財產。」

永島曬得黝黑的臉點了兩、三次頭。水穗記得他才三十五歲，有著一身肌肉的高瘦身材，皮膚也很有彈性。

「頭髮做好了嗎？」

佳織看了看靜香，又看了看永島。

「做好了。」靜香摸著自己的頭髮，平靜地回答，「永島正在對我說教呢。」

「我沒有說教，」看到水穗她們一臉驚訝，永島慌忙解釋，「我只是請夫人要多注意身體。健康狀態會明確反映在頭髮和皮膚上，夫人這陣子太勞累了——對了，您最近已經不再慢跑了吧？」

聽到「慢跑」兩個字，水穗驚訝地看著靜香。

「外婆，妳在慢跑嗎？」

靜香今年已經七十歲了。

「我慢跑很多年了啊，但永島說我年紀太大了，不要再跑了。」

「我不是這個意思，而是說，快走比慢跑更有益健康。您每天都有散步吧？」

「如果不找機會動一動，身體很快就老化了。」

「很好，請保持運動的良好習慣。」

永島和靜香的對話告一段落後，水穗看向室內。她小時候經常在這個房間玩耍，但最近幾年幾乎沒有踏進過這個房間。牆上掛著很多幸一郎蒐集的奇怪骨董。北歐海盜用過的弩、江戶時代的懷錶——

當水穗轉頭看向身後的牆壁時，不禁嚇了一大跳，因為她以為那裡站了一個人。仔細一看，原來是一幅巨大的肖像畫，畫中的幸一郎一身正式穿著，背景似乎就是這棟十字屋。幸一郎戴著白色手套的雙手在腰前輕輕交握。

「妳是不是嚇了一跳？」

靜香察覺了水穗的表情，「原本要掛在公司的大廳，但大家都說很沒品味，所以就決定掛在家裡。」

「妳還記得外公的遺囑吧？」佳織在一旁問水穗，「他不是在遺囑中提到，等他死了之後，要把肖像畫掛在公司嗎？所以爸爸去訂了這幅畫，半年前終於送來了。」

「是喔……」

水穗再度看了一眼肖像畫。花稍的畫框邊緣幾乎碰到了天花板。把前總裁的肖像畫掛在公司大廳的品味的確讓人不敢恭維。

「上個月還掛在走廊上，和花子他們說不好看，就掛來我房間了。因為是外公的遺言，所以只能遵守，但掛在我房間裡也覺得有點可怕，半夜常常會覺得外公好像從畫裡走出來。」

其他三個人聽了靜香的話，都忍不住笑了起來。這時，響起了敲門聲。水穗打開門，管家鈴枝站在門外。

「門口有人求見，說想要見這裡的主人。」

鈴枝低聲說道。

「是嗎？宗彥他們還沒有回來嗎？」

「對，聽說去完墓園後，還要去其他地方。」

「是嗎？那只能我去見了。那個人是誰？」

「嗯，這個嘛……」鈴枝巡視了所有人，然後終於下定了決心，「他說是人偶師。」

「人偶師？」靜香納悶地偏著頭，「製作人偶的人偶師嗎？」
「應該是。」
「人偶師上門有什麼事？」
「不知道。」鈴枝偏著頭。
「搞不好和媽媽有什麼關係，」佳織說，「媽媽不是對骨董有興趣嗎？會不會是這個原因？」
「喔，也對，」靜香輕輕點了點頭，「那我就去見他一下。鈴枝嫂，請妳把人偶師帶去會客室。」
「是。」鈴枝說完，轉身離去。
「人偶師」這個名字令人好奇，水穗和佳織也決定一起去見他。永島說，他晚上再來。今天是賴子的尾七，今晚大家都會聚集在這裡。
水穗和其他人來到會客室，發現一個樣貌奇特的男子。他穿了一件偏綠的黑色上衣和一件黑色緊身長褲。裡面穿了一件白色襯衫，白色緞帶在領口綁了長長的蝴蝶結，代替了領結。年紀大約三十歲左右，身材偏瘦，白淨的臉上五官輪廓很深，看起來像外國人。水穗忍不住想起外國電影中常見的吸血鬼。
水穗和其他人一走進會客室，男人立刻從沙發上站了起來，像機器人般動作僵硬地鞠了一躬。

「很抱歉，突然上門打擾。」

男人的聲音聽起來有點尖銳，但不至於太令人在意。

「我姓悟淨，是人偶師，因為有重要的事，所以冒昧登門造訪。」

靜香接過了男人遞過來的名片。

「悟淨先生……好獨特的姓氏。」

說完，她把名片交給了水穗她們。名片上印著「人偶師　悟淨真之介」這幾個字。

「我是這個家的主人竹宮宗彥的岳母，她們是我的外孫女。」

水穗她們向悟淨微微欠身，他又再度鞠了一躬。

「那就請教一下有何貴事？」

看到所有人都在沙發上坐下後，靜香開了口。「你說是很重要的事，但容我先聲明一下，我們對人偶一竅不通，請你瞭解這一點。」

「完全不需要任何有關人偶的專業知識。」悟淨斬釘截鐵地回答：「但是，請妳們不要把我接下來說的話當成是無聊的玩笑。或許有些令人難以置信，還是請妳們聽我說完。」

「聽起來好像有點可怕。」

靜香面帶笑容地說。

「是啊，」悟淨一臉嚴肅地說：「的確是很可怕的事。」

水穗聽了他的話，忍不住倒吸了一口氣，身旁的佳織也忍不住挺直身體時，房門輕輕打開了，鈴枝走了進來。她神情緊張地把紅茶放在每個人面前。

「請問你們有沒有買過小丑人偶？」

悟淨問。

「小丑？」

靜香拿起茶杯正準備喝茶，舉到嘴邊的手停在半空中。

「怎樣的小丑？」

「身體是木製的，戴著黑色的帽子，穿著白色衣服。聽東京都的骨董店老闆說，不久之前，你們家有人買了那個小丑人偶。」

「小丑……」靜香說到這裡，突然拍了一下手，「原來是那個人偶，那是賴子在兩個月前買的。」

「所以，就是那時候的？」

佳織皺著眉頭，看著靜香的臉。

「是啊，就是那時候放在走廊裝飾矮櫃上的小丑人偶。」

「那時候？」水穗問。

「就是賴子自殺的時候。那時候，那個小丑人偶放在樓梯旁的裝飾矮櫃上。」

「是喔……」

水穗不知道該如何回答，閉上了嘴。人偶師開了口。

「請問是購買小丑的人去世了嗎？」

「是啊，」靜香平靜地回答，「她自殺了。今天是她的尾七。」

「是嗎？」

人偶師深深垂下頭，待在那裡一動也不動。他似乎真心為賴子的死感到悲傷，但水穗搞不懂他為什麼這麼悲傷。

「我來晚了。」

他自言自語般地說。

「來晚了？」

悟淨緩緩搖了搖頭說：

「那個人偶是悲劇小丑，據說只要得到那個小丑的人，都會發生不幸。那個小丑的前主人一家車禍身亡，之前的主人發瘋自殺了。除此以外，關於那個小丑的不吉利傳聞多得數不清。」

他轉動了眼珠子，似乎在確認眼前三個人的反應。

一陣沉默。

悟淨的一番話讓寬敞的會客室氣氛頓時緊張起來，靜香似乎想要化解這份緊張，用和剛才一樣沉穩的聲音說：「是嗎？原來是悲劇小丑，那你想把那個小丑怎麼樣呢？」

「那個小丑是我父親製作的，」悟淨說：「我父親去世了，但他在臨終前，都牽掛著那個人偶，很希望可以把人偶找回來，用適當的方法處理掉。」

「所以，你想要買回去嗎？」

「是。當然，我的出價會稍微高於你們當初的購買金額。」

「錢倒不是問題……你等一下，我去把那個人偶拿過來。」

靜香說完，走出了會客室。

即使面對兩個年輕女人，悟淨也絲毫不在意，忙著打量牆上的畫和室內的擺設，最後目光停在窗邊的架子上。

「原來是拼圖。」

「是啊，」佳織回答，「這是我爸爸的興趣……很多房間都有他拼到一半的拼圖。」

水穗也站了起來，走過去打量那幅拼圖。拼圖的圖案很奇妙，一個老太太騎著一隻鵝，飛在天空中。拼圖快完成了，只剩下藍天的部分。

「這幅畫應該出自鵝媽媽童話集，可能是繪本的一部分。」

悟淨似乎對自己的結論很滿意，重新在沙發上坐了下來。

「關於小丑人偶，」水穗轉向佳織，「我剛才看到樓梯旁的裝飾矮櫃上放的是少年和小馬的人偶。」

「是啊，媽媽自殺後，覺得小丑看了讓人心裡發毛，就收起來了。其實那個裝飾矮櫃上平時就是放少年牽小馬的人偶，偏偏那天放了奇怪的小丑人偶。雖然和悟淨先生說的事無關，但真的會覺得是那個人偶帶來了不幸。」

「雖然很不可思議，」悟淨說，「但那個人偶真的有這種能力。」

他的聲音很嚴肅，水穗不由地一驚，忍不住看向他的眼睛。他一雙略帶棕色的眼睛看著她，點了兩次頭。

正當他們陷入沉默時，靜香回來了，手上抱著一個紙箱。她坐回沙發上，打開了紙箱蓋子。裡面是一個玻璃盒，靜香把玻璃盒拿了出來，放在桌上後把它打開了。

「就是這個，」人偶師點了點頭，「沒錯，就是悲劇小丑。」

眼前的小丑完全符合悟淨剛才的描述。黑色帽子、白色絲質衣服，和令人發毛的悲傷表情。

「那時候，這個放在走廊上嗎？」

水穗問，靜香點了點頭。

「剛好是那天放在走廊上。」

「我聽說了，但為什麼偏偏那天放在那裡？」
「聽說是宗彥放的。」
「姨丈放的？」
「對，賴子買了之後，店家送來了，所以他就貼心地放在那裡當裝飾，沒想到發生了那種事，所以就放去我房間了。」
悟淨連同玻璃盒拿起了人偶，聽著她們的對話，然後把人偶放回桌上，露出真誠的眼神問：
「可不可以轉讓給我呢？」
靜香微微偏著頭說：
「很遺憾，我無法馬上回答你。這雖然是我女兒買的，但我女兒去世了，所以我要問一下女婿。」
「請問您女婿什麼時候回來？屆時我會再度登門。」
「晚上就會回來，但今晚有很多客人上門，所以不太方便。我會問他，請你明天再來。」
「明天……嗎？」
悟淨咬著嘴唇，低頭看著自己交握著放在桌上的指尖。水穗看著他的表情，覺得也許他真的相信小丑的魔咒。

「好，那我明天再上門打擾。」

「麻煩你了。」靜香說。

「不，很感謝您願意撥冗聽我說這麼離奇的事。」

悟淨站了起來，穿上放在一旁的黑色大衣。他的大衣款式有點像斗篷，水穗忍不住再次想起了吸血鬼。

走出會客室，靜香找來鈴枝，指示她把人偶送去地下室。

靜香、佳織和水穗一起把悟淨送至玄關，他似乎對這棟十字形的建築很有興趣，但並沒有提這件事。

「希望只有幸福降臨這個家。」

他在玄關和靜香握手時說。

「謝謝，也祝你幸福。」

「那就明天見。」

人偶師說完，走出了十字屋。

#（小丑之眼）

我似乎沉睡了四十九天。

那天，穿著白色睡裙的女人跳樓自殺後，有人把我抱了起來。那個人的身體擋住了我的視線，我什麼都看不見，也不知道那個人是誰。我以為會把我怎麼樣，但最後並沒有發生任何事，我再度躺在地毯上。我看到前方是那個女人跳樓的陽台，我在地毯上躺了一陣子。

不一會兒，我聽到有動靜漸漸靠近。抬眼一看，原來是坐著輪椅的女人經過我身旁。她的動作有點生硬，好像失去了思考能力。

輪椅的女人來到陽台後向下張望，在那裡放聲大哭了很久，直到聽見幾個男人的聲音時，她才終於不再哭泣。雖然我看不到，但那幾個男人似乎走上樓梯。他們一下子走去陽台，一下子問輪椅的女人很多問題，完全不顧及她的心情，忙了很長一段時間後，才終於離開。輪椅女人也不見了。沒有任何人把我抱起來。

又過了很長一段時間，我聽到了說話的聲音。是兩個女人在說話。其中一個是輪椅女人的聲音，另一個女人似乎上了年紀。

「佳織，妳去房間休息。」

老婦人對輪椅女人說。於是我知道，她的名字叫佳織。

「但是，這種時候……」

佳織的聲音微微發抖。

「我知道，」老婦人深深地嘆了一口氣，「但事情已經發生了，來，去我房間一起休息吧。」

輪椅的聲音漸漸靠近，來到我耳邊時停了下來。

這時，我終於被撿了起來。一頭銀髮，看起來端莊高雅的婦人把我撿了起來。

「以前沒看過這個人偶。」

佳織聽到她這麼說，點了點頭。

「什麼時候有這個的？我完全不知道。」

「是啊……看起來有點可怕。」

老婦人偏著頭，然後伸手抓住我的身體，「看起來很礙眼，把它收起來，再找其他東西放在這裡。」

然後，她把我帶去房間，從儲藏室拿來玻璃盒和紙箱，把我塞進壁櫥深處。被放進玻璃盒後，我無法聽到外面的聲音。

直到前一刻，我才再度離開了玻璃盒。

我被帶到好像是會客室的地方，我驚訝地發現悟淨居然在那裡。他似乎還在追蹤我的下落。

悟淨離開後，管家把我帶去地下室。我以為又會被關進儲藏室，但發現並不是。管家打開儲藏室對面房間的門，那裡是整潔的音響室，有一個同時兼作唱片櫃的整理櫃，下方有抽屜。整理櫃上放著裝了好幾十盒錄音帶的盒子，上面豎著拼圖的盒子。盒子上畫著拿破崙威武的樣子。我被放在錄音帶盒子前面，拿破崙剛好在我身後低頭看著我。

管家把我放在那裡後，關上燈，走了出去。

2

傍晚的時候，水穗正在客廳和佳織說話時，宗彥他們回來了。

「好久不見啊，妳又變漂亮了。」

宗彥難得開玩笑說道，在她們對面坐了下來。水穗露出微笑，對他與和花子他們打了招呼。

宗彥以前腸胃出了毛病，所以很瘦，氣色也不太好。他的顴骨突出，眼窩凹陷。賴子死後，他繼承了公司，但看起來太神經質，不像是大企業的董事長。他也許自己也意識到這一點，所以蓄了小鬍子，戴了一副金框眼鏡，掩飾一臉窮酸相。

反而是和花子的丈夫近藤勝之的外形很有氣勢。雖然他個子不高，但以前練過柔道，所以肩膀很寬，胸膛也很厚實。一張大臉上油光滿面，讓人覺得他精力旺盛。

「聽說妳去了澳洲，澳洲的男人很熱情吧？一定有很多人追，整天忙不過來吧？」

勝之說著，張開大嘴笑了起來。水穗發現這位姨丈從剛才就不時瞄自己的大腿。她今天穿了一件深咖啡色的迷你裙。

「沒有啊，他們比日本人紳士多了。」

水穗語帶諷刺地說，故意大動作地蹺起二郎腿。

和花子不發一語，面帶微笑地聽他們聊天。她個子不高，五官也不夠立體，但和賴子、佳織一樣，都算是具備了日本古典的美。幸一郎的三個女兒中，只有水穗的母親琴繪長得像外國人，水穗也繼承了母親的基因。

除了宗彥他們以外，還有另一個水穗不認識的女人。這個年輕女人穿著素色套裝。雖說年輕，但應該也三十出頭了。她挺著胸部，身體站得筆直，好像在誇示自己的身材。她那雙眼尾微微上揚的鳳眼和很挺的鼻子，讓人聯想到驕傲的貓。

在宗彥的介紹下，水穗才知道她叫三田理惠子，是宗彥的秘書。

「請多指教。」

她像模特兒一樣挺著胸膛，微微欠了欠身。她的聲音低沉而有磁性，聽起來很性感。

「那我們先回房間休息了。」

宗彥說完站了起來，近藤夫婦也走向樓梯，三田理惠子理所當然地跟在他們身後離去。

「她自以為是爸爸的太太。」

目送他們離去後，佳織難得用激烈的語氣對水穗說。她似乎在說理惠子。

「那個女人嗎？」水穗問。

「對啊。我媽死了還沒多久……太過分了。」

佳織微微低著頭，咬著下唇。水穗很少在她臉上看到這樣的表情。

水穗之前就知道宗彥喜歡拈花惹草，常不停地更換身邊的女人，這次似乎和女秘書勾搭上了。

「阿姨知道嗎？」

水穗壓低聲音問。

「當然知道啊。」佳織回答，「因為她以前是我媽的秘書。」

「阿姨的秘書？」

「雖然我媽假裝不知道，但其實心裡很清楚。我太清楚了。」

「是喔……」

水穗想起來這裡之前，和母親琴繪的對話。琴繪之所以沒有來，不光是因為工作的關係，更因為不想見到宗彥。

「她才不會那麼輕易絕望，才不會輕易得憂鬱症。」——琴繪在畫布前作畫，用難掩憤怒的語氣說。「她」當然是指賴子。

「沒想到她竟然會自殺……可見承受了多大的痛苦。那個男人看起來很軟弱，但心地太冷酷了。」

「姨丈嗎？」

聽到水穗發問，琴繪立刻無法繼續畫下去了。水穗稱呼她痛恨的那個男人為「姨丈」似乎惹毛了她。

琴繪轉身看向水穗，看著她說：

「水穗，妳去了十字屋後，仔細調查一下到底發生了什麼事，調查一下賴子阿姨到底是怎樣被逼入絕境。」

「調查……如果妳知道真相，打算怎麼做？」

水穗問，琴繪移開視線，然後輕輕嘆了一口氣。

「不知道，但妳不覺得嚥不下這口氣嗎？」

水穗倒吸了一口氣，看著母親咬牙切齒。

——賴子阿姨被逼自殺……難道就是佳織剛才說的，是因為姨丈外遇不斷造成的嗎？

水穗回想起琴繪說那番話時的黯然表情。

佳織似乎察覺了她的表情，小聲地嘀咕說：

「大家都痛恨我爸爸。因為大家都愛媽媽，但是，沒有人敢當面說，因為爸爸現在是這個家的主人。」

「妳也恨妳爸爸嗎？」

水穗問。佳織把手放在額頭，痛苦地扭曲著臉，然後才看向水穗。

「討厭啊，很討厭。——變得很討厭。」

晚餐前，水穗在佳織的房間休息時，青江仁一回來了。聽到敲門聲，佳織應了一聲，房門緩緩打開。

「原來有競爭對手出現了。」青江用沒有感情的聲音說道，「聽說妳要來之後，佳織每天都很興奮。如果和我在一起的時候，有一半那樣的表情，我就太幸福了。」

他後半句話是對佳織說的，然後，沒有打聲招呼，就擅自走進了房間。

「你不要亂說話。」

佳織生氣地說。

「我說的是實話啊。」

青江不為所動。水穗上次見到他是一年半前，他似乎沒有太大的改變。

「研究所怎麼樣？」

水穗問道，代替了打招呼。

「沒怎麼樣，每天都很無聊。我讀的是化學，所以把時間和金錢都浪費在對這個世界沒有幫助的事上。」

「聽說你今年會讀完碩士課程。」

「託妳的福，會順利修完，也已經找到工作了，接下來只要找到理想的對象，人生遊戲的一大半就完成了。」

青江說完，意味深長地看向佳織。佳織不理會他。

青江仁一因為水穗的外祖父幸一郎的好意，從讀大學時就開始寄宿在這裡。幸一郎在戰爭期間曾經受朋友照顧，青江就是那位朋友的孫子。青江的父母因為車禍身亡。幸一郎的那位朋友也已經去世了，但幸一郎在那位朋友生前就答應他，竹宮家會照顧青江到他研究所畢業。所以，目前由靜香繼承了當初的約定。

幸一郎並不光因為青江是朋友的孫子而收留他，他也很欣賞青江。青江剛來這裡寄宿時，水穗和幸一郎曾經聊過他的事。

「仁一這孩子很聰明，在關鍵時刻也表現很冷靜，難怪他爺爺對他引以為傲。

雖然現在說這些還太早，我向來不注重所謂的門當戶對，總覺得佳織也許應該嫁給這種男人。」

幸一郎當初曾經這麼說。

水穗曾經見過青江多次，他並不在意佳織的身體障礙，對她頗有好感，而且坦率地表達出內心的好感。水穗很欣賞他的這種坦率，而且他相貌堂堂，只是佳織並不接受他。

青江走出房間後，水穗問佳織：

「妳討厭他嗎？」

「不至於討厭。」佳織似乎有點難以啟齒，「如果是女生……即使不是像我這種身體的女生，應該會覺得他是理想的對象。所以，他能夠看上我，我應該覺得幸福。只不過……」

她停頓了一下。

「只不過我在他身上感受不到人性，他這個人絕對不會表現出自己的真心或是感情的動向。妳覺得像他那種年紀的男人，會有這種人嗎？」

「立刻把情緒寫在臉上的男人也很煩啊。」

水穗坦誠地說。她見過不少這樣的男人。

「但這種人感覺比較有人性，我覺得他根本就像是機器。」

「外公很中意他，說要讓他學習帝王學。」

「外公是很喜歡他啦，但我媽討厭他。」

「是嗎？」

「對啊，我媽對他的印象應該和我差不多，而且，我爸也總是避著他。」

「為什麼？」水穗問。

佳織指了指太陽穴說：「他太聰明了。他的頭腦太可怕了，爸爸和外公相反，絕對不希望我嫁給青江。」

水穗似乎能夠理解。聽說青江在大學時的成績幾乎都名列前茅，進了研究所後，也曾經數度在國外發表論文。身邊有太聰明的人，對像宗彥這種類型的男人來說也許是一種威脅。

「看來青江要先取悅姨丈。」

「是啊，但恐怕很難。」

她說話的語氣好像事不關己。

「佳織，妳呢？如果不喜歡青江，妳想挑選怎樣的人選？」

水穗問。佳織轉動著眼珠子遲疑了一下，然後調皮地聳了聳肩。

「我一輩子不結婚，我要在這裡享受快樂的單身生活。」

但是，水穗察覺到她略有所思。

晚宴從六點開始。

餐桌上放著日式和西式美食，竹宮家的親戚圍坐在餐桌旁。

宗彥坐在晚宴用長桌子的上座，三田理惠子沒有出席晚宴。水穗不經意地向管家鈴枝打聽，得知理惠子在一小時前離開了。

「今天是賴子太太的尾七，所以可能有所顧忌吧。」

鈴枝說話溫柔，但可以從她的語氣中略微感受到嚴厲。她在這個家裡當管家已經好幾十年，從賴子還是少女時就在這個家裡工作，和這個家的關係比宗彥更密切。水穗也不難察覺她對宗彥和三田理惠子的態度。

鈴枝正默默地把料理端上桌。

勝之一如往常地炒熱了晚宴的氣氛。他單手拿著酒，大聲地聊著他打高爾夫球和出國時的出糗經驗。雖然消除了賴子尾七的感傷氣氛，但他也許只想掌握現場的主導權。

宗彥嘴角露出淡淡的笑容，不時附和著。水穗覺得他只是不想和這些親戚打交道，很樂於讓勝之主導。

除了宗彥以外，還有一個人在聽勝之說話。他叫松崎良則，個子不高，身材圓滾滾的，眼角下垂，看起來脾氣溫和，不像勝之那樣引人注目。

「松崎堂舅還是和以前一樣，」水穗在佳織的耳邊小聲說道，「他總是笑嘻嘻的，不引人注目。」

「但是他是濫好人，」佳織小聲地對她說，「他總是躲在近藤姨丈的身後，在公司也很不起眼。」

「也許吧。」

水穗又看了一眼又矮又胖的堂舅。

松崎良則的父親是竹宮幸一郎的哥哥，也是幸一郎創立目前這家公司時的事業夥伴，但因為父親年輕時車禍身亡，良則跟隨母親的姓氏。他的年紀比宗彥大三歲，在公司擔任董事職務。

和花子在離這三個男人有一點距離的座位上和靜香愉快地聊天，永島坐在靜香身旁聽她們聊天，也會不時加入水穗她們的談話。

「我之前就想問，」坐在水穗對面的青江仁一輕輕碰了碰坐在他旁邊的永島手臂，「永島先生，你為什麼不結婚？你應該有不少機會吧？」

永島做出好像被嘴裡的食物卡到的表情，慌忙拿起一旁的啤酒喝了一口。

「你居然會問這種問題，真是太驚訝了。你不是對這種事完全沒興趣嗎？」

「才沒有這回事，但也因為是你，所以我才會好奇。你不結婚是有什麼原因嗎？」

「沒有原因啊。」永島苦笑著回答，「只是找不到適合的對象，而且之前也沒有時間。只要有對象，我很想馬上結婚啊。」

「那我就放心了。」

「放心？你這麼說太奇怪了，」永島稍微挪了一下椅子，把身體轉向青江的方向，「而且你說是因為我才會好奇這句話也讓人在意。你為什麼會關心我還沒結婚的事？」

青江拿起葡萄酒杯笑了笑。

「是我的個人因素。因為我不希望自己喜歡的人周圍有還是單身、有魅力的男人。」

「青江！」剛才始終沉默不語的佳織終於忍無可忍地開了口，「不要亂說話，這樣對永島先生太沒禮貌了。」

永島看了看她，又看了看青江，隨即張著嘴，「啊哈哈」地大笑起來。

「你說話真有意思，把我也當成了情敵嗎？這也太委屈佳織了。」

「才不會呢，佳織，對不對？」

佳織瞪著青江，但他並不以為意。

「只是不知道你們在法律上能不能結婚。我記得日本的法律規定，直系血親和三等親以內的旁系血親不能結婚。」

「青江！」

水穗瞪著他，然後看向靜香。他的多話可能會傷害很多人，但靜香他們似乎並沒有聽到剛才的談話，「你說話太輕率了。」

水穗小聲地向他提出忠告。

但是，青江並不覺得自己觸及了「禁忌」，只是聳了聳肩。

「但是，如果只是愛慕，法律就管不著了。我很希望趕快帶她遠離這種無聊的世界，所以——」

青江清澈的雙眼突然看向水穗，「其實我也很想趕快解決水穗小姐。」

「你有毛病啊。」

佳織在說「毛病」這兩個字時特別用力，「永島先生、水穗，你們不必聽他的胡言亂語，他以為我是還在作夢的小女孩。」

「本質就是這樣。」

青江說。雖然他面帶笑容，但聲音很嚴肅。水穗暗自驚訝。

「妳還沒有擺脫少女的外殼，只是自己還沒有意識到而已。希望妳可以趕快發現，早日脫殼而出。」

「是這樣嗎？」

「是啊。」

「謝謝你的忠告，但我不會尋求你的協助。」

佳織語氣嚴厲地說，青江眨了兩、三次眼睛，再度露出笑容。水穗覺得他似乎有些狼狽。

晚餐後，宗彥吩咐鈴枝把酒送去會客室後，就起身離開了，勝之和松崎也跟在他的身後，一起走去會客室。和花子去了靜香的房間，所以就很自然地解散了。

水穗走去客廳坐在沙發上，喝著茶，繼續和佳織、永島他們聊天。青江把玩著宗彥蒐集的各種益智遊戲道具，但不時加入水穗和其他人的談話。當佳織想要做什麼時，他立刻推著她的輪椅，或是把她需要的東西拿過來，很貼心地照顧她，但佳織似乎仍然很介意他剛才說的話，無視他的紳士態度。

他們聊到十一點多，鈴枝進來了，告訴他們房間已經準備好了，隨時都可以去休息。水穗住在佳織對面的房間，永島住在宗彥的對面。

「今天沒有問題了。」

鈴枝說完，對永島笑了笑。

「今天沒有問題？什麼意思？」

水穗問。

「上次是我闖了禍。」

佳織在一旁插嘴說。

「四天前，永島先生也住在這裡。我在睡覺前，去他房間聊天，不小心把放在床邊的花瓶打翻了，所以床都濕了……」

「不，是我太大意了，不應該把花瓶放在那裡。」鈴枝說。

「所以，我就請他去睡爸爸的房間……那天晚上，爸爸要睡音響室。」

「不，這還是不太妥當啦。」

「結果怎麼辦？」水穗問。

「沒怎麼辦啊，就直接睡在上面，反正床只有一點濕，問題不大啦。」

「今晚沒問題了，我已經把花瓶收起來了。」

鈴枝說完，露出笑容。

「姨丈他們在會客室做什麼？」

青江白淨的臉看著鈴枝問道。

「老爺在拼圖，勝之先生和松崎先生也陪在一旁。」

「真可憐。」

青江撇了撇嘴。

之後，所有人都去了二樓。正如鈴枝說的，水穗的房間在佳織的對面，因為是西式房間，不知道有幾張榻榻米大，但應該超過五坪吧。房間內放了床、書桌和簡單的沙發、茶几，房間角落還有淋浴室。

「永島先生經常住在這裡嗎？」

水穗想起剛才的話，問陪她走進房間的佳織。

「也沒有經常啊。」

佳織說完，摸了摸自己的頭髮，然後窺視著水穗說：

「妳不要在意青江在吃飯時說的話。」

「青江說的話？喔，妳是說那件事……」

「他喝醉了，才會說那些莫名其妙的話。」

「我才沒有放在心上。」水穗微笑著說，「妳太認真了，不要理會他就好了。」

佳織低著頭，玩著自己的手指。

「青江曾經告訴我，那個人不結婚的理由。」

「那個人？」

水穗正在脫洋裝背後的釦子，忍不住停了下來。

「妳是說永島先生？」

佳織輕輕點了點頭，又舔了舔嘴唇，喉嚨動了一下，似乎吞了吞口水。

「他說，永島先生喜歡我媽，至今仍然無法忘懷——這是青江說的。」

「喜歡阿姨？」

「對啊。」

水穗感到很意外。

「青江為什麼會這麼覺得？」

「不光是青江，也許出入這個家的人都發現了。即使不用青江告訴我，我也早就知道了。他總是用熱切的眼神看我媽，只是不敢說出口而已。因為我媽是他同父異母的姊姊。」

「佳織！」

水穗厲聲制止道。

「對不起。」佳織小聲地說，「我不是故意的。」

水穗脫下洋裝，穿上放在床上的睡袍，然後在旁邊的椅子上坐了下來，蹺著腿看著佳織。

「妳是不是在克制對永島先生的感情？」

佳織用力搖頭，「妳不要這麼說。」因為她的語氣很嚴厲，所以水穗的身體不由地抖了起來。

「啊，這樣不行，」佳織用幾乎聽不到的聲音道歉，「簡直就像中年女人的歇斯底里，太丟臉了。」

「妳今晚早一點休息吧。我送妳去房間。」

水穗站了起來。

「嗯，好吧。我有點頭痛，而且，聽這些事很煩吧？」

「才沒有呢，很高興啊，明天再繼續聊。」

「好，那明天見。」

水穗把佳織帶回房間，讓她躺在床上後，又回到自己的房間鎖上了門。她坐在床上，重重地吐了一口氣。

初戀……

剛才和佳織的對話，讓她想起這個令人懷念的字眼。佳織絕對在戀愛，只是正如青江所說的，這份感情不可能有結果。

永島從十年前出入竹宮家。幸一郎把他找來家裡剪頭髮，水穗和其他人都很納悶這個年輕人到底是誰，但家裡的氛圍讓她無法開口發問，所以她也始終沒問別人。

不久之後，水穗從母親琴繪口中得知，永島是幸一郎和小老婆生的兒子。靜香當然也知道，當時似乎曾經為此爭吵過，但隨著逐漸瞭解永島的個性，靜香也不再為他出入這個家抱怨。也許是覺得即使無法原諒幸一郎的行為，永島本身並沒有任何過錯。

當時在一家小型美髮店上班的永島很快就成為靜香的專屬美髮師，當然，一方面也是因為他的美髮技術很好的關係，出入這個家一陣子後，也成為佳織的專屬美髮師。

——所以，佳織對永島產生好感或許也是很自然的發展。

但是，命運捉弄人。佳織遲來的初戀絕對不可能有結果。

水穗洗完澡，梳完頭髮、保養皮膚後上了床。牆上的時鐘指向十二點多，看著時鐘上的骨董裝飾，她突然想起白天那個奇妙的人偶師說的話。

那個小丑會帶來「悲劇」——

「怎麼可能嘛。」

水穗嘀咕了一句，伸手關掉了床邊的電燈開關。

（小丑之眼）

門突然打開，燈也打開了，為我們的世界帶來了光明。

我記得進來的這個男人的臉，他戴著金框眼鏡，嘴巴周圍蓄著鬍子。如果我的記憶沒錯，他叫宗彥。

宗彥穿了一件略帶金色的棕色睡袍，戴起了睡袍的帽子。他蹲在我的前面，窸窸窣窣地翻找著。我下面是唱片櫃，他似乎在找唱片。

不一會兒，他似乎找到了那張唱片，拿著唱片走到唱機旁，然後點亮了旁邊一盞小檯燈，小心翼翼地把唱針放在唱片上。

宗彥站在唱機前，看著唱片旋轉，然後似乎有點膩了，轉身離開。音響和擴音器圍繞著一張看起來很舒服的沙發，但宗彥沒有坐在沙發上，他走去門口旁，再度關上燈，偌大的音響室內只有唱機旁的小燈泡亮著。

宗彥似乎很滿意，他調整了揚聲器的旋鈕，重重地坐在沙發上，張開手腳，緩緩閉上眼睛。

幾分鐘過去了。

宗彥完全沒有動彈，只有胸膛有規律地起伏，判斷他應該睡著了。

就在這時，門稍微打開了一條縫。檯燈的燈光被櫃子和沙發擋住了，照不到門那裡，所以那裡幾乎一片漆黑，但我仍然可以隱約看到。

門打開一條縫就不動了，隔了很長一會兒，才慢慢打開，一個黑影迅速閃了進來。黑影一走進來立刻壓低了身體，然後沒有動靜，似乎在觀察宗彥。

宗彥仍然維持剛才的姿勢沒有動。

黑影似乎察覺他睡著了，開始在黑暗中緩緩移動。可以感受到黑影屏住呼吸，努力消除自己所有的動靜。

黑影向我的位置移動，在我所在的整理櫃前蹲了下來。

這個影子到底來幹什麼？而且又在黑暗中做什麼？

就在這時，眼前的奇妙狀態發生了變化。睡著的宗彥突然動了一下頭，他似乎察覺了室內的異常動靜，敏捷地跳起來轉過頭，和前一刻判若兩人。

宗彥似乎察覺到有人躲在黑暗中。他張大了嘴，下一刻也跳進了黑暗中。有什麼東西重重地撞在整理櫃上，黑影和黑影在我面前扭打成一團。宗彥的金色睡袍下襬不時出現在微弱的燈光下。

搏鬥持續了幾秒鐘，兩個人好像慢動作般停了下來，其中一個黑影緩緩倒地，另一個黑影站了起來。這時，我終於可以看清楚很多細節。

倒在地上的是宗彥。他趴在地上一動也不動，他的姿勢好像自己用刀子刺進了右腹。他的睡袍帽子蓋住了頭部，所以看不清楚，但我相信他面無血色。

入侵者站在宗彥的身旁，在那裡站了幾秒鐘，隨即搖搖晃晃地後退，撞到了我所在的整理櫃。上方傳來動靜，有什麼東西倒在我的玻璃盒上。是那個拼圖的盒子，盒子有點打開了，裡面的拼圖片散落在地上。

入侵者似乎終於回過了神，繞過屍體走向出口逃走，用力關上了門。關門時的風壓導致原本在我上方保持微妙平衡的盒子倒在我面前。

我嘆了一口氣。

我的主人又死了。

而且，這下什麼都看不到了。

3

水穗在半夜醒來後翻來覆去睡不著，最後終於下了床。不知道是不是暖氣太強了，她的身體有點滲汗。水穗打開窗外，讓外面的涼空氣吹進房間。

整棟大宅都寂靜無聲。

水穗想要去關窗時，發現斜前方房間的窗戶微微亮起了燈光。那是宗彥的房間，他是不是打開了檯燈？

燈光很快就暗了。水穗關窗時心想，不知道是不是宗彥也起床了。

她回到床上看了一會兒書，但越看腦袋越清醒，完全沒有睡意。她乾脆下了床，披上睡袍，想去喝一罐啤酒。

走出房間，來到鋪著地毯的走廊上。整棟房子內仍然沒有任何動靜。她準備走下樓梯時，看到裝飾矮櫃上的人偶，是少年和小馬的人偶。水穗覺得幸好不是那個小丑人偶放在那裡，如果在三更半夜看到那個可怕的人偶，恐怕會很不舒服。

——咦？

當她的視線從人偶身上移開時，發現裝飾矮櫃上有一個發亮的小東西。她拿起來一看，發現是一顆小鈕釦，可能是誰的衣服上掉下來的。

水穗想了一下，不知道該怎麼辦，最後又放回了裝飾矮櫃上。明天鈴枝應該會看到這顆鈕釦。

她下了樓梯，走去廚房，從冰箱裡拿出一罐啤酒，再度回到房間。她喝啤酒時，不經意地看了一眼時鐘。

剛好半夜三點整。

第二章　音響室

1

二月十一日，星期天。

聽到慘叫聲時，水穗還躺在床上。昨晚喝了啤酒後，仍然無法入睡，昏昏沉沉地迎接了天亮。

一看時鐘，早上七點剛過。水穗起床後，立刻換了衣服衝出房間，剛好看見佳織坐著輪椅出現在走廊上。她在佳織的身後道了早安後問：

「剛才的叫聲是？」

「八成是鈴枝嫂，」佳織不安地回答，「不知道發生了什麼事。」

「先去看看再說。」

水穗和佳織搭電梯下了樓，發現幾乎所有人都聚集在客廳。青江、靜香、永島……近藤夫婦也在。他們的視線都集中看向同一個方向，鈴枝出現在扇形中央，她剛從地下室走樓梯上來。她臉色鐵青，失魂落魄地站在那裡。

「老爺他……」她顫抖的嘴唇吐出沒有起伏的聲音，「老爺……他死了。」

一陣奇妙的空白時間，每個人都目瞪口呆，沒有任何反應。

勝之最先採取行動。他推開鈴枝衝下樓梯，難以想像肥胖的他動作這麼敏捷。永島和青江也跟在他身後，水穗也下了樓梯，身後響起佳織略帶哭腔的聲音。

「不會吧……」

樓下音響室的門虛掩著，水穗和其他人也跟在勝之身後走了進去。

水穗看到室內的情況，忍不住用手捂住了嘴。永島他們也都愣住了。

「這到底是怎麼回事？」

勝之好不容易擠出這個聲音，其他人都說不出話。這時，和花子他們也來了。和花子看到眼前的狀況，立刻發出了慘叫。

宗彥倒在房間角落的櫃子前，他上半身趴在地上，腰部以下的部分側身扭曲著。睡袍右側腹部的位置被鮮血染紅了，拼圖片散落在他的身上和周圍，彷彿在點綴他的屍體。那盒拼圖原本似乎放在櫃子上，盒子也掉在旁邊，盒蓋掛在錄音帶盒前。仔細一看，那個小丑人偶就在那裡，盒蓋剛好蓋在人偶的玻璃盒上，蓋子上寫著「拿破崙的肖像」幾個字。

宗彥的屍體已經夠震撼了，但還有更令人震驚的事。音響室內除了宗彥以外，還有另一具屍體。那具屍體就在宗彥旁，好像蹲在地上，胸前插了一把刀。

「這是怎麼回事？」

勝之又說了一遍，然後又繼續問：

「為什麼三田理惠子死在這裡？」

刑警在地下室勘驗現場時，水穗和其他人都坐在會客室內。勝之、和花子一起坐在沙發上，水穗、永島和青江坐在他們對面。佳織的輪椅靠在水穗旁，前一刻白皙的臉還很蒼白，但現在稍微有了一點紅暈。

松崎站在離大家有一點距離的窗邊櫃子前，宗彥拼到一半的「鵝媽媽」拼圖放在那裡。他低著頭，無所事事地拼著拼圖。

有好一陣子，誰都沒有開口。雖然每個人都有話想說，卻不知道該如何說起——這就是眼前這份沉默代表的意思。

水穗想起昨天白天在這個房間見到名叫悟淨的人偶師，想起他提到的「悲劇小丑」的魔咒。

拼圖盒蓋掛在小丑人偶上，但水穗沒有把盒蓋拿開，直接走出了房間。因為她害怕看到小丑臉上可怕的表情。

——對了，那個人偶師今天可能會來，但現在根本無暇談論人偶。

如果悟淨知道今天的事，不知道會露出怎樣的表情。水穗不由地想像著這件不合時宜的事。

「真久啊。」

最先打破沉默的又是勝之。所有人的視線都集中在他身上，他解釋說：

「我是說警方的調查，要花這麼長時間嗎？」

警方正在向靜香和發現者鈴枝瞭解情況。

「因為被害人是大人物。」

青江蹺著二郎腿坐在沙發上，一副很瞭解情況的表情。

「今天是星期天，沒有晚報，但一定會登上明天早報的頭版。一旦受到矚目，警方更想要趕快破案，所以一開始就想要調查清楚。命案的第一波調查是關鍵，所以在瞭解情況時，連細節也會問得很詳細。」

「會問什麼？」

松崎停下正在拼圖的手，不安地點了一支菸。在座的人中，只有他和勝之抽菸，他們兩個人吐出的煙霧讓室內變得霧濛濛的。

「應該會問人際關係和姨丈最近的言行吧。」

青江再度回答。

「松崎先生的話，可能會問你公司的情況。最近有沒有什麼變化，或是昨晚的行動。」

「昨晚的行動？」勝之一臉不解地問，「是董事長的行動？還是……」

「那還用問嗎？當然是每個人的行動。向每個人瞭解情況後，再詳細比對有沒有矛盾。如果有不自然的行動，一定會窮追不捨，這就是他們慣用的方式。總之，如果說的是實話，就不會有問題。我是說，如果沒有做虧心事的話。」

青江巡視了在場的所有人。

「你這句話聽起來好像在暗示我們中間有人是殺害他們兩個人的兇手。」

勝之撇著嘴，正視著青江。

「我可沒有這個意思，只是說，警方應該會考慮到各種可能性。」

「你剛才也去了音響室，看到了現場，應該很清楚。現場的情況很明確，三田理惠子殺了董事長，然後自殺了，也就是殉情。」

勝之似乎把自己的想法說出口之後，更加確信就是這麼一回事，忍不住頻頻點頭。

「殉情？好古老的字眼，有什麼根據嗎？」

青江從容不迫地問。勝之忍不住有點火大。

「狀況不是很明確嗎？董事長腹部遇刺，三田小姐用刀子刺進自己的胸部。」

青江不以為然地搖了搖頭。

「這種程度的故布疑陣太簡單了。即使是三流連續劇，也經常使用這種手法，況且，根本沒有動機啊。」

「也未必沒有動機。他們兩個人……關係有一點複雜。」

勝之可能意識到佳織在場，含糊其詞說完後，咳嗽了一下。

「這無法成為決定性的證據。」

「是沒錯啦，但我認為這種可能性最大。」

「家裡有沒有什麼東西遭竊？」

永島有點顧慮地開口問道。水穗覺得他並不是表達自己的想法，而是不希望他們兩個人繼續討論下去。

勝之他們轉頭看著他。

「我是說，」永島舔了舔嘴唇，「也就是說，會不會是強盜所為……？」

「這個可能性比較大，但要先檢查一下門有沒有鎖好。」

青江也同意永島的看法，勝之不悅地抽著菸。

「不過，」松崎戰戰兢兢地開了口，「為什麼三田會在那裡呢？她昨天傍晚不是就回去了嗎？」

「應該是宗彥叫她來的吧。」

始終沒有開口的和花子用淡然的口吻說。她向來不叫宗彥姊夫。

「董事長嗎？三更半夜？」

勝之追問道，她低著頭，但明確地點頭表示同意。

「她的公寓離這裡不遠，所以宗彥有時候會找她來。」

「找她來……來這個家嗎？」

「是啊。讓三田從後門進來，在音響室見面，有時候甚至到早上……」

和花子說到這裡，吞了口水，壓抑自己激動的情緒。

「我是聽鈴枝嫂說的，有時候一大清早就看到那個女人的車子停在停車場。昨天是大姊的尾七，還以為他會收斂一點。」

「現在先別談這些。」

勝之看向房間角落的佳織，向她使了一個眼色。佳織雙手放在腿上交握著，一動也不動。

水穗再度發現，宗彥簡直目中無人，為所欲為。聽母親琴繪說，在外公幸一郎去世後，他就開始露出了狐狸尾巴，當賴子去世後，他更加肆無忌憚。

不一會兒，靜香回來了。一個體型肥胖、一頭短髮的男人和她一起走了進來。靜香默默地坐下後，閉上眼睛，好像石頭般紋風不動，似乎在拒絕任何人對她說話。

和她一起進來的男人巡視室內後，目光停留在近藤夫婦身上。

「我們打算向兩位瞭解一下情況，現在方便嗎？」

勝之與和花子互看了一眼，然後看向刑警。

「兩個人一起嗎？」

刑警沒有立刻回答，想了一下。

「那就請先生先跟我來。」

正如青江剛才所說的，警方打算個別瞭解情況。

勝之和刑警一起離開時，聽到有人「啊」地叫了一聲和巨大的聲響，松崎手上拿著塑膠板站在那裡，地上散落了無數拼圖片。

「因為放在這裡很礙事，我想搬去其他地方……」

松崎蹲在地上撿起拼圖片，水穗也起身走過去幫忙。雖然有些部分還連在一起，但「鵝媽媽」的圖幾乎都散掉了。

「因為看到快完成了，所以剛才一直在拼，一方面也是消磨時間，好不容易才剛拼完……真是太可惜了。」

松崎用又短又粗的手指撿起拼圖片，小聲地說。

「是拼圖吧，」刑警低頭看著地上說，「現場也散落了相同的拼圖片，那是名叫『拿破崙的肖像』的作品，聽說是竹宮先生的興趣。」

「他昨晚也在這裡拼圖，」勝之補充說，「一邊喝酒，一邊很專心地拼圖，也不太參與我們的聊天，完全搞不懂有什麼樂趣。」

昨晚的晚餐後，宗彥和勝之他們來這裡喝酒。昨晚聽鈴枝提到，宗彥在這裡拼圖，勝之他們陪在一旁，所以水穗也知道。

「我們去看了竹宮先生的房間，房間裡也有未完成的拼圖，我記得那幅是『拾穗』。」

刑警轉頭對勝之說：「我們走吧。」勝之輕輕點了點頭，走出會客室。

之後刑警又輪流找了每個人去問話，最後才輪到水穗。談話地點在飯廳的角落。

兩名刑警坐在水穗面前。剛才那位胖刑警姓山岸，另一名瘦刑警姓野上。山岸四十出頭，野上三十歲左右，兩個人都一臉精明相。

「昨晚妳幾點回到房間？」

山岸問。他的聲音很低沉，充滿威嚴。

「十一點多。」

「一個人嗎？」

「不，和佳織一起。」

山岸點了點頭。他們應該問過佳織，已經知道這件事了。

「之後一直在自己房間嗎？」

「對，佳織在我房間聊到十一點半左右，我送她回房間後，洗完澡就睡覺了。」

「半夜有沒有醒來？」
「有。」
刑警聽到水穗的回答，眼神微微發亮。
「幾點的時候？」山岸問。
「我不知道正確的時間。看了一下書之後，走出房間去廚房拿啤酒回來時是三點。」
「妳是因為聽到什麼動靜醒來嗎？」
「不，不是的，只是就這樣醒了，可能是暖氣太強了。」
水穗仔細思考後，很謹慎地回答。
「原來如此，這裡的確有點熱，」山岸環視著室內，「妳去樓下拿啤酒時，有沒有發現任何異常？像是聽到什麼動靜，或是看到什麼，見到了誰？」
「我醒來立刻去開窗戶時，發現了一件事。」
水穗把宗彥的房間好像亮了燈的事告訴了刑警，他們更加好奇地探出身體。
「亮燈的時間有多久？」
「不知道……可能十幾秒而已。」
「有沒有看到人影？」
「沒有。」

「之後在睡覺時，沒有聽到任何動靜嗎？」
「很遺憾，沒聽到——因為我睡在南側的房間。」
山岸似乎一下子沒有理解水穗這句話的意思，但隨即心領神會地點了點頭。
「我懂了，命案現場是在北側地下室，離妳的房間最遠。」
一旁的野上在記錄時，也點了點頭。
「回到剛才的內容，妳昨晚十一點左右回房時，宗彥先生在哪裡、做什麼？」
水穗把手指放在嘴唇上，回想著昨晚的情況。
「他們已經去會客室了。」
刑警點了點頭。
「妳知道宗彥先生昨天深夜會去音響室嗎？」
「不，我並不知道。」
「妳知道他有這個習慣嗎？」
水穗默默搖了搖頭，代替了她的回答。然後，她看著刑警問：
「其他人——像我姨丈他們是怎麼說的？」
她反過來發問，刑警似乎有點意外。
「其他人都知道他習慣在睡前會去地下室聽一、兩個小時的古典音樂，只是大家都說，昨晚他似乎無意去音響室。有幾個證人都看見他離開會客室後，就回自己房間了。」

「所以，姨丈在大家入睡之後，又走出自己的房間，去了音響室嗎？」

「應該是這樣，妳剛才提到——半夜三點不到，宗彥先生的房間亮了燈，也許就是那個時候離開房間的。」

水穗想起了當時的情景。果真如此的話，如果自己早一點下樓去拿啤酒，也許情況就不一樣了——

山岸故意咳了一下。

「聽說妳有將近一年半沒來這裡了，好像出國了？」

「是的，」水穗收起下巴，「我去澳洲一年左右，最近才剛回來。我父親生前的一位朋友開的公司在那裡設有分公司，我在那裡工作，算是累積人生經驗。」

「原來如此，時下的女性也都很活躍。——所以，妳有很長一段時間沒見到大家了？」

「對，佳織有時候會寫信給我，告訴我她的近況。」

「妳一年多沒見到宗彥先生，見面時聊了些什麼？」

「都是一些無關緊要的事。他問我還沒結婚嗎？我也隨口回答了，姨丈對這件事也沒有太大的興趣。」

「妳對宗彥先生的印象如何？有沒有和以前不同的地方？」

「這個嘛……」水穗偏著頭，「不知道，我沒有注意。」

「妳有沒有見過三田理惠子小姐——就是死在宗彥先生旁邊的女子？」

「昨天第一次見到她，只是稍微介紹了一下，並沒有和她說話。」

「是嗎？」山岸點了點頭，「妳對這起命案有沒有想法？比方說，」他用力搓了搓放在桌上的手掌，「有沒有人痛恨宗彥先生，或是覺得他很礙事？」

「痛恨姨丈……」

水穗的腦海中立刻浮現出幾個人影。山岸似乎察覺了她神情中的微妙變化，探出身體問：

「有嗎？」

但是，水穗對他搖了搖頭。

「不，我完全不知道。」

刑警維持這個姿勢打量著她白皙的臉龐，然後又重重地靠在沙發上。

「妳很冷靜。青江先生……好像叫這個名字吧，他也很冷靜，但你們是不同的冷靜。」

水穗不知道該如何回答，所以沒有吭氣。

「恕我直言，不光是妳，我覺得這裡的每個人都太冷靜了，但是，大家應該對宗彥先生的死感到難過吧？」

水穗看著刑警的臉。刑警直視著她，似乎在等待她的反應。

「是啊，大家當然都很難過，發自內心地感到難過。」

水穗用沒有起伏的聲音回答。

2

刑警仔仔細細地檢查了屋內屋外，傍晚才終於全員撤退。中午過後，大門周圍擠滿了媒體，如今終於散去了，響個不停的電話也好不容易才安靜下來。

水穗在飯廳和佳織一起吃著鈴枝為她們烤的鬆餅。她們今天一整天都幾乎沒有正常吃飯，但佳織似乎完全沒有食慾，她沒有吃鬆餅，一直拚命喝紅茶。

不一會兒，青江走了進來，在她們對面坐下，深深地嘆了一口氣。

「真是太慘了。」

水穗覺得他說話的語氣，似乎並不覺得眼前的情況有多慘。

「其他人呢？」

水穗停下吃鬆餅的手問他。

「近藤夫婦和松崎先生在客廳，因為公司的人趕到了，所以可能在討論今後的對策吧。」

「外婆回自己房間了嗎？」

「對，她年邁的身體受不了這種折騰，永島先生在房間裡陪她說話。他們的關係還真奇怪。」

佳織聽了，立刻抬起頭，但最後什麼都沒說。她似乎連鬥嘴的力氣也沒有了。水穗看了她一眼，又問青江：

「不知道警方如何看這起命案。」

聽說刑警向勝之他們問了很核心的問題，只是水穗和其他人不太瞭解情況。

「據我所知，警方果然不認為是和三田理惠子小姐殉情，認為外人入侵犯案的可能性相當高。」

「外人？」

「對。因為通往停車場的後門沒有上鎖，而且在後門外發現了可能是兇手的手套，上面沾滿血跡。」

「手套……」

「而且，還找到了姨丈身上穿的睡袍的鈕釦，就掉在地下室後門出口的地方。警方研判可能是姨丈和兇手扭打時掉落，不小心沾到兇手身上，兇手從後門逃走時掉了。」

「鈕釦？」

水穗一驚，但努力保持面不改色地問：「怎樣的鈕釦？」

「我瞥了一眼，很普通的鈕釦，差不多像指尖一樣大小，金色的。」

「金色……是喔。」

水穗覺得自己的臉頰發燙，心跳加速。那顆鈕釦是否就是昨晚在走廊裝飾矮櫃上看到的那顆？

「反正情況就是這樣，暫時可以避免懷疑自家人的醜態，只不過警方並沒有完全認定是外人所為。因為這種程度的故布疑陣很簡單。」

「什麼意思？」

從剛才就始終不發一語，看著桌上茶杯的佳織用壓抑著感情的聲音問道，青江似乎有點慌了神。

「沒有特別的意思，只是說，警方辦案很謹慎。」

說完後，他起身走上樓梯。佳織目送他的背影離去後，問水穗：

「妳覺得兇手可能是自家人嗎？」

「別擔心。」

水穗回答，但佳織似乎陷入了沉思。

之後，水穗走上樓梯，看了昨晚她放鈕釦的裝飾矮櫃，正如她所擔心的，上面空空的。

（小丑之眼）

今天吵吵鬧鬧了一整天。

一個沒腦袋的警官輕率地想要拿拼圖的盒蓋，我的悲劇就開始了。因為他不知道盒蓋卡在我的玻璃盒上，他一拉，導致我連同玻璃盒一起掉落在地上。玻璃盒立刻摔得粉碎，那個警官被他的上司罵了一頓，但我更希望他先向我道歉。

總之，那名警官把我害慘了。警官都聚集在音響室，室內彌漫著香菸的煙霧、汗酸味，原本我只要在玻璃盒內，就可以隔絕外界的一切，現在卻要承受這些惡劣空氣。

「兇手的手套掉在門外，被害人睡衣的鈕釦也掉在後門外……從現場狀況研判，兇手很可能是外人。」

那個瘦瘦高高的年輕竹竿男刑警對另一個身形肥胖、有點年紀的男人說。除了他們以外，另一個留著小鬍子的男人也在聽他們討論。鬍子男好像是他們的上司，身上的衣服質料也很高級。

「所以是從後門闖入嗎？兇手怎麼打開後門的門鎖？」

鬍子男問，胖男回答說：

「這一點還不清楚，可能是宗彥自己打開的。」

「什麼意思？」

「我猜想宗彥在深夜找三田理惠子來這裡。不光是昨天晚上，他之前也經常這麼做，只是以前不會像這次，在深夜才找她來。總之，三田理惠子昨天傍晚離開，在半夜再度來到這裡。她的車子停在停車場，從後門可以通往停車場。」

鬍子男不以為然地哼了幾聲，表達出內心對宗彥的惡意。

「所以是為了讓情婦進門，特地打開後門的門鎖嗎？沒想到打開之後，兇手溜了進來。」

「就是這麼一回事。」

胖男點了點頭。

「果真如此的話，就代表兇手知道這些事，也就是知道宗彥會在深夜讓女人從後門進屋。」

「是啊。」

鬍子男抱著雙臂，在房間內踱步。

「兇手是在三田理惠子來之前闖入嗎？還是之後？」

「應該是之前。」胖男立刻回答，「如果是理惠子來了之後，宗彥就會再度把門鎖上，兇手就無法進入。」

「的確如此，所以，兇手在理惠子來之前，溜進這棟房子，殺了宗彥……但是，這個音響室呢？據說在發現屍體時，音響室並沒有鎖門。」

「據說平時會鎖門，家裡總共有兩把鑰匙，一把在宗彥手上，另一把放在客廳。」

「如果鎖著門，兇手是怎麼打開的？」

「可能敲門吧？」竹竿男發表了意見，「因為宗彥在等女人，聽到敲門聲會不疑有他，立刻走去開門。」

「等他開了門後，立刻遭到了攻擊。原來是這樣，為什麼兇手沒有逃走，繼續殺了三田理惠子？」

「有兩個理由。」

胖男故弄玄虛地豎起兩根胖手指，「首先，三田理惠子也有被殺的理由。另一個理由，就是兇手逃走時，剛好遇到了理惠子。」

「以目前的情況來看，這兩種可能性都存在。」

鬍子男一臉好像吃了苦藥般的表情嘀咕道。

「目前推測死亡時間是凌晨兩點到四點左右。」

「是啊，要等驗屍報告出爐後，才能知道詳細結果，但應該不至於有太大的落差。只不過竹宮水穗——她是宗彥的外甥女，她在三點左右看到宗彥的房間亮著燈，所以，很可能宗彥是在那之後去了地下室，然後遭到殺害。」

「三點以後嗎？」

鬍子男摸了摸下巴，「之後有沒有發現什麼東西被偷？」

「沒有。」竹竿男搖了搖頭，「目前除了宗彥以外，住在這棟房子裡的有他的岳母靜香夫人、女兒佳織，還有寄宿的青江，以及住在這裡的管家，並沒有發現任何失竊物品。應該說，除了宗彥以外，其他人並不知道這間音響室裡到底有什麼，即使被偷，恐怕也不知道。」

「所以還無法排除強盜殺人的可能性。」

「但如果兇手不知道這棟房子內的情況，恐怕很難犯案。」竹竿男說。

「嗯，總之，必須列出經常出入這棟房子的人員名單，只不過——」鬍子男抱起手臂，「我認為很可能是偽裝成外人闖入犯案而已。因為要把沾有血跡的手套丟在門外並不困難，對了，關於兇器，有沒有進一步的情況？」

「那是市售的水果刀，管家說，不是家裡的水果刀。」竹竿男回答，「靜香夫人也說沒見過那把刀。」

鬍子男一臉無趣地問：「兇手還有沒有留下其他物品？」

「目前還沒有發現。」胖男說，「目前可能有幫助的線索就是那顆鈕釦。」

「那個鈕釦喔。」鬍子男點了點頭。

「關於那顆鈕釦，鑑識人員發現了一件有趣的事。」

竹竿男故意吞吞吐吐，吊別人的胃口。

「什麼有趣的事？」

「這個嘛，就是在鈕釦上沒有發現任何指紋。」

鬍子男咂了一下嘴。

「這哪裡有趣？兇手戴著手套，當然驗不出指紋。」

「但照理說，應該有宗彥的指紋。鑑識人員也調查了睡衣上的其他鈕釦，都發現了他的指紋。」

「喔……」

「而且，那顆掉落的鈕釦有明顯用布之類的擦過的痕跡。既然兇手戴著手套，為什麼要擦拭那顆鈕釦？」

「嗯。」鬍子男重重地嘆了一口氣。

「搞不懂。」

「是啊。」

竹竿男也陷入了思考。三個人都沒有說話。

「無論如何，」鬍子男開了口，「沒必要急著做出結論，包括住在這棟豪宅的人在內，都要徹底調查他們的人際關係，一定可以找到線索。」

「宗彥的太太之前自殺了，」竹竿男說，「昨天是她的尾七。」

「是啊，她很能幹，如果是男人，應該會有更大的發揮空間。」鬍子男說著，皺起了眉頭，又繼續說道：「我以前就知道竹宮家的事，這個家庭太匪夷所思了。」

他們大致都在聊這些事，沒什麼特別值得一提的內容。

我很驚訝，沒想到除了宗彥以外，竟然還有另一個女人也遭到了殺害。原來在我被拼圖的盒蓋遮住時，還有另一個人遭到殺害。我記得殺了宗彥的兇手逃走之後，音響室的燈又亮了幾次。

那個女人是被誰殺害？又是怎麼被殺的？

我無從得知。

3

二月十二日，星期一。

水穗六點就醒了。昨晚在床上輾轉反側，直到兩點才睡，所以才睡了不到四個小時，感覺腦袋昏昏沉沉的，思考卻很清醒，再也睡不著了，昨天的衝擊還沒有平靜。

她一直想著那顆鈕釦的事，遲遲無法入睡。那天晚上掉在走廊裝飾矮櫃上的鈕釦，為什麼會出現在後門外。

也許那是兩顆不同的鈕釦。水穗也很希望是這樣，但眼前的事實顯示，這種可能性相當低。因為在後門外找到的那顆鈕釦的形狀和顏色，與水穗看到的鈕釦極其相似，也沒有聽說宗彥的睡衣上掉了兩顆鈕釦。

於是，另一個她不太願意去想的假設浮現在腦海。

兇手就是那天晚上住在這棟豪宅內的人。

水穗整理了一下可能發生的情況。

首先，兇手殺害宗彥時，不小心弄掉了他睡衣上的鈕釦，留在兇手的身體上——比方說，勾到了衣服——但是，兇手並沒有察覺這件事，但走回房間的途中，剛好掉落在那個裝飾矮櫃上。水穗發現之後，拿在手上看了一下，然後又放了回去。隔天早上——不知道是在發現屍體的騷動之前還是之後——兇手發現了裝飾矮櫃上的鈕釦，找機會丟到後門外，偽裝成是外人闖入犯案。

水穗認為這種假設最合理。除此以外，她想不到其他理由可以解釋那個鈕釦為什麼會移動。

兇手果然是這棟豪宅裡的人嗎？

水穗換好衣服後，簡單地洗完臉就走出自己的房間。樓下靜悄悄的。她下樓來到客廳，看到早起的鈴枝正在擦灰塵。

鈴枝不可能是兇手——水穗立刻分析起來。鈴枝睡在廚房後方的小房間，既然宗彥睡衣的鈕釦掉在二樓的裝飾矮櫃上，而且是自家人犯案，就代表是那天晚上睡在二樓的人幹的。

「鈴枝嫂，早安。」

鈴枝聽到水穗的招呼聲嚇了一跳，停下了手。

「早安，今天大家都早起。」

雖然她努力擠出笑容，但笑容很勉強。

「還有其他人起床了嗎？」

「是啊，青江先生已經起床，現在出門去慢跑了。」

「慢跑？他有慢跑的習慣？」

「不，他說今天一大早就醒了，平時不會這麼早起。」

「是喔。」

不知道今天吹了什麼風。還是說，連他也睡不著？水穗忍不住想。

水穗坐在沙發上，發現茶几上放了報紙，已經有人看過社會版的新聞，不知道是青江還是鈴枝。打開報紙一看，宗彥神經質的證件照立刻映入眼簾，旁邊還有一張三田理惠子的照片。報導的標題很聳動，提到賴子不到兩個月前自殺，暗示兩者之間的關係。水穗稍微看了一下，立刻生氣地把報紙闔了起來。鈴枝假裝沒有察覺，繼續擦拭櫃子。

「鈴枝嫂，」水穗開了口，「妳昨天幾點起床？」

正在折抹布的鈴枝停下手。

「我記得是六點半左右，我也這麼告訴警方。」

「那時候已經有其他人起床了嗎？」

「不，大家都還在睡覺。」

「妳是在七點左右發現姨丈，在發現姨丈之前，妳在幹什麼呢？」

「和今天早上一樣，簡單打掃之後，就去準備早餐了。」

「有沒有人在這段時間起床？」

鈴枝看著上方，似乎在思考。

「和花子小姐和勝之老爺從二樓下來，之後，永島先生和青江先生也下樓了，坐在沙發上聊棒球的事。之後，松崎先生也下來了。」

「妳沒有去二樓嗎？」

「他們五個人下樓後，我上樓去叫老夫人和老爺。老夫人應了一聲，但老爺不在他房間，我猜想他可能去了音響室，所以就走去地下室。結果……」

鈴枝稱音響室為音樂室。她吞了一口口水，似乎回想起發現屍體時的衝擊。

「妳去二樓的時候，有沒有發現什麼？」

「發現什麼？」

「就是……有沒有撿到什麼東西？」

問得太不自然了。水穗忍不住在心裡咂了一下嘴。她想問鈴枝有沒有發現裝飾矮櫃上的鈕釦，但又不能問得太直接。

「妳掉了什麼嗎？」

鈴枝訝異地問。

「對啊，我掉了一個小硬幣。那是澳洲的硬幣，可能掉在樓梯旁的裝飾矮櫃附近。」

雖然圓謊圓得不夠漂亮，但她一時想不到其他更好的說法。

「我沒有看到，下次打掃時會留意一下。」

「那就拜託妳了。」

水穗在回答時想，如果鈴枝發現了那顆鈕釦，不可能讓它繼續留在那裡。她只要看到家具上有一點灰塵，就會忍不住上前擦乾淨。

——兇手到底是什麼時候把鈕釦丟到後門外？

水穗回想起和大家一起去地下室看宗彥他們的屍體的時候。根據她的記憶，當時沒有人去後門。之後，在警方抵達之前，大家都在會客室等待。

也就是說，兇手在發現屍體之前，就已經把鈕釦丟掉了。兇手早上起床後，發現了裝飾矮櫃上的鈕釦，在大家發現屍體之前，丟到後門外嗎？

——果真如此的話，代表近藤姨丈、和花子阿姨、松崎堂舅、永島先生和青江這五個人中，有一個人是兇手。

水穗忍不住把手伸進頭髮，用力抓著頭。

十分鐘後，青江回來了。他穿了一件灰色帽T，脖子上掛著毛巾走了進來。

「他們果然監視了一整晚。」

水穗正在看報紙，他在對面一坐下，就立刻說道。

「監視？」

水穗抬起頭問。

「警察啊。」青江一臉理所當然，「他們在監視我們的行動，因為兇手是自家人的可能性也很高。我猜想應該會持續監視一段時間吧。」

「你是為了調查這件事，才去跑步的嗎？」

「沒錯，就是這樣。果然不出我的所料，有一輛車子不知道從哪裡竄出來，跟在我身後，但我只是在散步道上跑了一圈，所以他們應該很失望吧。」

「你為什麼要在意警方的行動？」

「妳不在意嗎？」

「雖然在意，但不會特地去確認。」

青江露出嚴肅的表情說：「我實在太在意了，我想知道他們在何種程度上懷疑自家人所為。換一句話說，我想透過他們的行動，瞭解自家人犯案的可能性有多高。」

「聽你的口氣，好像很希望是自家人犯案。」

水穗語帶挖苦地說。

「怎麼可能？」青江誇張地瞪大眼睛，「任何人都不希望自己身邊有人犯罪，只是無論昨天警方問案的方式，還是剛才的跟監，我都認為警方在懷疑我們。他們連這個家也要監視，對近藤姨丈和松崎先生的監視應該更嚴密。」

「你這句話好像意有所指。為什麼要更嚴密監視姨丈和堂舅？」

水穗看著他端正的臉。

「那還用說嗎？宗彥姨丈去世之後，他們兩個人是最大獲利者。」

青江肆無忌憚地大聲說道，水穗擔心地看向廚房，發現鈴枝並沒有聽見。

「你真是口無遮攔。」

「有嗎？」

他深深坐在沙發上，蹺起長腿看著水穗。

「首先是近藤姨丈，他顯然覺得宗彥姨丈很礙事。以實力來說，他的能力更強，但宗彥姨丈因為是竹宮家的入贅女婿，所以就順理成章地掌管了這家公司。以近藤姨丈的性格，一定無法容忍這件事。」

「你說的沒錯，外公退休的時候，為了讓近藤姨丈成為賴子阿姨的左右手，所以讓他與和花子阿姨結婚。阿姨去世後，雖然由姨丈繼承了公司，但他在公司的立場應該不會有什麼變化。」

「人類之所以悲哀，就在於無法把事情想得這麼簡單。我聽說近藤姨丈的確很認同賴子阿姨的經營能力，覺得她的能力不輸給男人，所以，很樂意在一旁輔佐，但換成宗彥姨丈後，情況就不一樣了。」

「你是說，他不認同姨丈的能力嗎？」

「當然也是原因之一，但近藤姨丈討厭宗彥姨丈應該還有更深層的原因。」

水穗聽不懂青江想要表達的意思。看到她露出訝異的表情，他嘴角露出笑容，探出了身體。

「妳不知道嗎？幸一郎爺爺原本打算讓近藤姨丈當入贅女婿。」

「這件事的話……」

水穗聽琴繪提過這件事。

「但賴子阿姨選擇了工作能力並不出色的相馬宗彥，幸一郎爺爺當然表示反對，阿姨最後還是說服了幸一郎爺爺。妳猜她是怎麼說服的？」

水穗搖了搖頭。

「那個男人不會有不切實際的野心——賴子阿姨這麼說。比起工作，相馬宗彥更熱中於藝術和玩樂，不會背叛身為董事長的妻子，試圖把公司占為己有，只要給他一個董事的職位，應該就會感到滿足。自己只知道工作的世界，很容易喪失身為一個人的感性和溫暖，只要身邊有這種能夠為自己帶來完全不同空氣的人，就可以避免這種情況的發生——怎麼樣？很像是賴子阿姨會說的話吧？這是幸一郎爺爺親口告訴我的，他說這些話時很得意。」

青江似乎很喜歡這個八卦，說得口沫橫飛，雙眼發亮。

水穗還記得賴子的溫柔善良，聽了之後，受到了某種衝擊，但她仍然看著青江說：

「原來如此，但是，你忘了一件事。阿姨很愛姨丈，這才是最重要的事。」

「愛情。」

青江抓了抓耳朵，好像聽到了什麼很難對付的字眼。「因為賴子阿姨是很完美的女人，無論是基於怎樣的理由挑選的丈夫，都會全心全意為自己的丈夫奉獻。」

「……」

水穗不知如何回應，只好沉默不語。

「有點離題了，」青江重新坐在沙發上，「總之，這就是賴子阿姨挑選相馬宗彥這個人做為自己丈夫的背景，近藤姨丈當然也知道這件事，所以，在賴子阿姨去世後，近藤姨丈以為這次總該輪到自己當董事長了，但現實並沒有這麼美好，宗彥姨丈自己當上了董事長。基於那種理由成為竹宮家入贅女婿的男人，竟然因緣際會掌握了實權。近藤姨丈的內心當然會有各種不滿。」

「我知道你想要說什麼了。」水穗嘆著氣說，「雖然知道你要說什麼，但難以想像會因為這種原因對自家人下手。」

「即使妳難以理解，這個動機還是成立。而且，雖說是家人，但並沒有血緣關係。」

水穗看著青江端正的臉，緩緩地搖著頭。佳織說的沒錯，從這個男人身上無法感受到人性和人情。

「所以，你也用相同的邏輯懷疑松崎堂舅。」

「松崎先生還有其他的深仇大恨。」

青江用堅定的語氣說道。

「他的父親和幸一郎爺爺共同撐過了公司的草創期，所以當然有強烈的自尊心。賴子阿姨當董事長時代，公司內有所謂的松崎派，阿姨也在某種程度上允許松崎派的存在，但宗彥姨丈強勢地想要瓦解松崎派，最近甚至聽說要把松崎先生派去子公司擔任董事長。說白了，就是把他趕出公司。」

「是喔……」

水穗呆然地看著青江的嘴。她對宗彥公司的事一無所知，而且出國一年多，這裡的情況也有了不小的改變。

「所以，近藤姨丈和松崎先生完全有可能殺了竹宮姨丈。」

「真不願意往這方面思考。」

「我也不樂意說這些事，只不過一旦警方瞭解這些情況，一定會懷疑他們兩個人。」

水穗覺得他言之有理。

「但是，並不是只有他們兩個人可疑而已。」

鈴枝正在飯廳餐桌上放餐具，為大家準備早餐，所以青江壓低了嗓門說。

「殺人動機不一定是基於這種算計，人很可能只是因為憎恨而殺人。」

「什麼意思？」

水穗問，青江好像聽到了意外的話，瞪大了眼睛。

「妳沒有聽佳織說嗎？這個家裡的所有人都憎恨宗彥姨丈。比方說，」他悄悄地指著正在勤快工作的鈴枝，「她就是最好的例子。她從賴子阿姨還是小女孩的時候，就開始在這個家裡工作。」

「……」

水穗想起佳織說的話。每個人都愛媽媽——

「永島先生也一樣。」青江彷彿看穿了水穗的心思般繼續說道，「佳織有沒有告訴妳，他對賴子阿姨抱著怎樣的感情？」

水穗看著青江，他一臉淡然，臉上露出淡淡的笑容。水穗露出很受不了的表情，對他搖了兩、三次頭。

「你居然可以想到這些，在你的眼裡，每個人都有資格當兇手。」

「並不是每個人，根據我的推理，只有佳織可以排除嫌疑。」

「連我也有嫌疑嗎？」

水穗問。青江露出有點心虛的表情。

「我對妳還不太瞭解，所以得接下來慢慢觀察，但根據我目前的觀察，妳不像是會去做殺人這種損人也不利己的事。」

「謝謝你喔。」水穗又用更恭敬的語氣說：「那可不可以容我補充一點我的推理？」

青江露出意外的表情。

「請說，我洗耳恭聽。」

「根據我的推理，你就是兇手。」

「呃……」

青江臉上的表情有點僵硬，但隨即放鬆下來說：「真有意思，那就請妳說說看。」

「你想要和佳織結婚，外公也有這個打算，只不過外公已經死了，對你來說，姨丈很礙事，因為他絕對會阻止佳織和你結婚。」

「原來如此。」

青江又換了一隻腳蹺起二郎腿，抓了抓右耳的耳垂。「原來還可以這麼看，那警方可能也把我列入懷疑的對象，但是，妳覺得我看起來會殺人嗎？」

「嗯，」水穗用力收起下巴，「會啊。」

青江故意倒在沙發上，誇張地笑了起來。

「妳說對了，為了佳織，不管殺人還是放火，我都會去做。」

4

「我想問你昨天早上的事。」

水穗露出嚴肅的表情說。

「什麼事？」

「我想問你起床後來這裡之後的事。首先，你下樓的時候，誰在這裡？」

青江調皮地聳了聳肩。

「妳的語氣好像在訊問，我才是偵探啊。看來妳也認為兇手是自家人。」

「我剛才說了，你才是我懷疑的對象。不要顧左右而言他，趕快回答我。」

「妳好像並不是只有懷疑我而已，不過沒關係。昨天早上，我起床的時候，近藤夫婦已經在這裡了。很少看到有夫妻這麼早起床。」

青江的回答和鈴枝一致，這件事似乎可以相信他。

「我想知道你下樓之後，到鈴枝嫂發現屍體，大家亂成一團之前的事。」

「告訴妳當然沒問題，」他抬眼看著水穗，「只不過妳的問題很奇怪。昨天早上，宗彥姨丈和女秘書已經被殺了，即使討論那時候的事也無濟於事吧……我想瞭解妳的目的。」

「目前還無可奉告。」

水穗回答，青江苦笑著抓了抓鼻頭。

「目前還無可奉告嗎？簡直就像三流推理小說中頻繁出現的台詞，說這句台詞的人十之八九都會被幹掉，但妳應該沒問題。在我下樓後，永島先生和松崎先生也下來了，我正在看報紙上的體育版，永島先生走到我旁邊，我們就討論了報上的內容。松崎先生在和近藤夫婦聊天。不一會兒，奶奶也下來了，在餐桌旁喝茶。」

「外婆一個人下樓嗎？」

「不，鈴枝嫂陪她一起下樓，可能是她去叫奶奶起床的。之後，鈴枝嫂就去了地下室，隨即發出了慘叫聲。」

這些也沒有感受到任何矛盾，問題在於鈴枝去二樓的時候。

「在發現姨丈他們被殺之前，你們這幾個人中有沒有人離席？」

「我記不清楚，因為我不可能連別人去上廁所也注意觀察。」

「沒有人出去嗎？」

「那倒沒有，包括我在內的五個人幾乎一直在一起。」

「是喔……」

如果青江所說的話屬實，當時在場的五個人並沒有人有機會去丟鈕釦。

「妳問完了嗎？」

青江目不轉睛地看著她的臉，似乎想要看透她內心的想法。

「嗯，今天就先問到這裡吧。」

「今天先問到這裡嗎？」

青江露出一絲冷笑。

不一會兒，佳織下樓了，她來到水穗和青江身旁，有點不悅地問：

「你們在討論什麼？」

「沒什麼啊。」

水穗回答。

「命案的事啊，」青江在一旁插嘴，「在討論我殺了姨丈的可能性。」

佳織瞪著他。

「所以呢？」

「最後認為可能性相當大。」

「是嗎？真是太好了。」

佳織把頭轉到一旁，無視青江的存在。

「啊喲，這是什麼書？」

水穗看到佳織腿上的書問道。那是一本黑色封面的書，看起來有點舊。

「喔，我想帶給妳看，是爸爸的書，關於益智遊戲的。」

「益智遊戲？」

水穗接過書，隨手翻了幾頁。書上簡單介紹了木拼圖、智慧環、迷宮等益智遊戲，都不會太複雜，應該是入門書，也介紹了一些初級的魔術。

「水穗姊，妳不是說想看益智遊戲和變魔術的書嗎？其他的書我不太知道，但這本書在我房間裡。」

「喔，原來妳也會看這種書？」

青江走到水穗身後，探頭看著書說。

「我才不看這種書呢，是爸爸以前忘在我房間的。——水穗，妳覺得很無趣嗎？」

「不會啊，借我看。只不過這幾天可能沒什麼心情。」

「嗯，我知道，妳隨便什麼時候還我都沒關係。」

「如果妳不會馬上看，可以先借我看嗎？」

青江說完，輪流看著水穗和佳織的臉。

「不行嗎？」

「但我拿來是想給水穗姊看的。」

「我沒關係。」

聽到水穗這麼說，佳織露出了猶豫的眼神，隨即問青江：

「你為什麼要看這種書？」

「我有興趣，想瞭解一下竹宮宗彥先生入迷的益智遊戲世界。」

他從水穗手上接過書，用手拍了拍黑色封面。

「好吧……但你不要把書弄髒了。」

佳織不耐煩地說，青江似乎很喜歡看到她的這種反應，對她露齒一笑。

之後吃了早餐，但不見靜香的身影。聽鈴枝說，靜香不舒服，所以在自己房間吃早餐。

吃完早餐後，水穗去了靜香的房間。她對鈴枝說，會順便把靜香的餐具帶下來，鈴枝誠惶誠恐地向她道謝。

靜香吃完早餐，正舒服地坐在安樂椅上聽音樂。這個房間內也有簡單的音響裝置。

「外婆，您有沒有稍微好一點？」

水穗用開朗的聲音問道。

「別擔心，我只是起床的時候覺得有點懶洋洋的。」

靜香坐了起來，揉著自己的左肩。

「今天外面特別安靜，反而覺得有點可怕。」

昨天，媒體記者都聚集在門口，一直到很晚才離開。

「之後應該不會再像昨天那麼吵了。」

水穗說。

「是啊，真希望是這樣，但是警方的人應該還會頻繁出入吧？」

「這……應該是吧。」

水穗把青江外出慢跑時遭到跟蹤的事告訴了靜香。靜香嘆了一口氣，但並不是針對警方的行動。

「他可不是簡單的人物。」

靜香平靜的語氣中帶著尖銳，她在說青江。

「妳外公喜歡青江，因為覺得青江的某些地方和他自己很像。他們都很聰明，隨時都在算計。說好聽點，是遇到任何事都不為所動，但也很少會有所感動。」

水穗想起佳織之前也說過類似的話。

「他對這次的命案有沒有說什麼？」

「說什麼？」

「有沒有說出他的推理？說勝之很可疑，或是良則也有動機之類的？」

「……」

水穗沒有說話。

「我就知道。」靜香點了點頭。

「他也許希望兇手是自家人。」

「怎麼可能？」

雖然水穗這麼說，但剛才和他說話時，她也有相同的感覺。

「萬一佳織嫁給他，對他來說，勝之和良則都是絆腳石，所以，如果可以趁現在鏟除其中一個，對他當然更有利。」

「外婆——您也懷疑近藤姨丈和松崎堂舅嗎？」

靜香打量著水穗的臉，然後緩緩搖著頭。

「沒這回事，我誰都不懷疑，妳為什麼會這麼說？」

「因為……」

水穗吞吐起來，靜香轉過頭，好像突然想起什麼似的看著半空，小聲地說：

「真希望警方趕快解決這起事件。」

水穗下樓後，刑警剛好從玄關走進來，正準備走去地下室。他們正是昨天向她問案的山岸和野上。

「我們要再度勘驗現場。」

山岸看到水穗，停下腳步對她說。

「偵查工作有進展嗎？」

「我們正全力以赴。」

山岸露出認真的眼神說道。

「目前正在附近一帶瞭解情況，很可惜，還沒有打聽到任何有力的證詞。當然，我們也同時考慮到其他的可能性。偵查工作不可以有半點疏忽。」

「其他的可能性是指有可能是自家人犯案嗎？」

水穗在發問時，凝視著刑警的臉，以免錯過他臉上的任何反應。

「嗯，」山岸面無表情地偏著頭，「那就隨妳怎麼想像了。」

「三田小姐是兇手的可能性完全不存在嗎？」

雖然水穗知道不可能，但還是開口問道。

「雖然無法斷言完全沒有這種可能，但這種可能性應該不高。如果打算殉情，根本不需要偽裝成是外人所為。」

有道理。

「所以，三田小姐是因為姨丈的關係一起被殺嗎？」

刑警移開視線，沒有立刻回答水穗的問題，似乎在思考該不該說。

「也許現在斷言還為時太早了，」山岸說話的語氣很謹慎，「我們調查了三田小姐的住家，發現她的衣櫃門敞開著，床上也很凌亂，看起來像是倉卒出門的樣子。她為什麼會這麼倉卒？」

「我不知道。」

水穗搖了搖頭。

「在三更半夜幽會也令人匪夷所思。聽管家鈴枝嫂說，三田小姐即使半夜上門，最晚也不會超過十二點多。為什麼要在深夜，而且是在太太尾七的那天深夜見面——我們搞不懂其中的原因。」

「所以，你的意思是，兇手原本就要殺三田小姐嗎？」

「不知道。」刑警回答，「目前還不清楚，只不過……」

「只不過？」

「解剖結果已經出爐了，」他繼續說道，「解剖後發現，三田小姐的死亡時間很可能比宗彥先生晚超過三十分鐘。果真如此的話，兇手在這段時間幹什麼？三田理惠子小姐又在幹什麼？」

刑警在說話時，把頭湊了過來，水穗的身體忍不住向後仰。山岸終於放鬆了臉上的表情，整了整領帶。

「總之，目前還有很多不明之處。——還有其他問題嗎？」

「不……」

「那就先告辭了。」

刑警走下樓梯。

水穗坐在旁邊的沙發上，回想著山岸剛才說的話。三田理惠子的死亡時間比宗彥晚了很久？

水穗思考著這件事所代表的意義。

——她一直以為兇手想要殺姨丈，只是不得已殺了同時在場的三田，但現在看來顯然並非如此，原來兇手殺害三田小姐是有原因的。如果殺害姨丈的動機是青江所說的那樣，近藤姨丈或松崎堂舅只要殺姨丈就夠了……

也就是說，兇手同時痛恨宗彥和三田理惠子。

水穗再度走上樓梯，沿著走廊走回自己的房間。警方到底掌握多少實情？是不是已經掌握了足以證明是自家人犯案的重要證據？

來到房間前時，聽到對面佳織的房間內傳來音樂聲，水穗敲了敲門，房間內傳來慵懶的回應。打開門一看，發現昏暗的房間內，佳織坐在輪椅上閉著眼睛。

「妳房間太悶了，我幫妳把窗簾打開。」

水穗走到窗邊，拉開了厚重的窗簾，強烈的陽光穿越白色蕾絲窗簾射了進來。

「好刺眼。」

佳織低下頭，用手捂住眼睛，然後才緩緩抬起頭。「刑警好像又來了。」

「妳聽到了嗎？」

「我只是有這樣的感覺，他們在懷疑這個家裡的人嗎？」

「他們的工作就是懷疑別人。」

水穗故作輕鬆地回答。

「但如果是正常的家庭，應該不會懷疑自家人吧？」

佳織停頓了一下，又繼續說：「這個家不正常。」

水穗不知道該如何回答，只能移開視線。

那些刑警又像煩人的蒼蠅般上門了。就是昨天的胖男和竹竿男。

他們首先調查是否有人先進入地下室，動了什麼手腳，當他們確認並沒有這種情況後，又走去電話桌旁，開始檢查電話簿。

「無法判斷宗彥有沒有在半夜打過電話。」

竹竿男坐在音響前的沙發上，拿出香菸時說道。

「但應該打了電話，也許不是在這個房間，而是在自己房間打的。」

胖男也在旁邊噴雲吐霧起來。他們似乎不抽菸就無法說話。

「從三田理惠子房間的情況來看，顯然不是事先就約好半夜來這裡，所以，只能認為是半夜有人打電話把她約來這裡。但除了宗彥以外，應該不會有人找她來，而且，如果是其他人，理惠子也不會特地在半夜趕過來。」

「為什麼宗彥要在半夜找理惠子……來這裡？」

「這就是問題所在啊，而且關係到如何解釋這起命案。」

胖男說完站了起來，抱著手臂，摸著下巴，在房間內走來走去。

「首先，兇手原本打算只殺宗彥一個人，還是打算殺了宗彥和理惠子兩個人？」

「我認為一開始就打算殺他們兩個人。」

竹竿男扭著身體，轉向胖男的方向。「兇手殺宗彥時，理惠子並不在場。如果在場的話，應該會慌忙逃走，或是尖叫。也就是說，兇手殺了宗彥後，在這裡等理惠子出現，她還來不及尖叫，就用刀子殺了她。」

「原來如此，你的看法很有道理。所以說，兇手事先知道理惠子會來。為什麼會知道？因為宗彥找她來並不是預先安排好的。」

「可能兇手看到或聽到宗彥打電話找她。」

「一定是這樣。但為什麼會看到或聽到？」

聽到胖男的問題，竹竿男想了一下，隨即心灰意冷地搖了搖頭。

「為什麼呢？」

「比方說，」胖男從西裝口袋裡拿出原子筆，像刀子一樣握在手上，然後伸到竹竿男的面前，「如果你不想死，就打電話給那個女人，叫她來這裡……兇手可能這樣威脅他。」

「原來還有這種可能。」

竹竿男看著原子筆的筆尖回答。

胖男把原子筆放回口袋。

「也可能兇手偷聽到宗彥打電話。當然還有其他各種可能，最重要的是，宗彥在打電話時，兇手已經在這棟房子內。問題是兇手是怎麼進來的？那時候，後門應該還鎖著。」

「所以果然是自家人犯案。」

竹竿男猛然站了起來。

「目前還無法斷定，但這種可能性更大了。」

「如果是外人闖入，目前沒有打聽到任何有人看到可疑人物的目擊證詞，雖說是深夜，但完全沒有人看到也很奇怪。」

「問題是誰有動機。如果一開始就打算殺害宗彥和理惠子兩個人，就可以大幅縮小範圍。」

「這次的兇手不可能是女人或老人，應該是近藤勝之、松崎、永島和青江——這四個人之一吧。」

「不，這種成見太危險了，誰都無法預料女人在緊要關頭會有多大力氣。」

「對了，竹宮水穗個子很高，搞不好可以制伏宗彥。」

「沒錯。」

「從動機的角度來看，也不能排除女人的嫌疑。近藤和松崎他們可能是為了利害得失，女人則是為了怨恨。」

「對，分析至今為止所掌握的消息，發現竹宮賴子自殺後，靜香、和花子對宗彥和三田理惠子產生了強烈的憎恨。不光是她們，鈴枝和佳織也很恨他們。」

「接下來有得忙了。」

「有得忙了。」

兩名刑警的對話沒完沒了。我聽著他們的談話，不時感到佩服，又不時苦笑起來。

他們似乎考慮了很多可能性，也許很快就可以找到真相。

只不過我覺得他們還在外圍繞圈子，離核心還很遠。

看來還可以過一陣太平日子。

第三章　拼圖

1

水穗正在自己房間看書，鈴枝來找她，說上次那個人偶師又上門了。鈴枝先去通報了靜香，靜香說她累了，請水穗去接待人偶師。

「妳願意去嗎？」

鈴枝擔心地問。

「好啊，那我去。」

水穗放好書後走出房間，跟著鈴枝下了樓。

人偶師悟淨坐在玄關等待。和之前一樣，他穿了一身深色衣服。他身旁站著一個很不和善的男人，似乎是刑警。

「原本說好昨天上門，但怕打擾到你們，所以就沒來。」

悟淨一看到水穗，立刻起身向她鞠了一躬。

「對，昨天的確有點手忙腳亂。」

水穗說完，向刑警說明了悟淨是什麼人。刑警似乎有點不滿，但可能發現問不出什麼，所以就轉身離開了。

「我按了對講機說話時，剛才那個人突然跑過來盤問我。我解釋自己不是什麼可疑人物，但他遲遲不放我走。他們常常誤以為自己比別人更優秀。」

「一定是工作太認真了。」

水穗把他帶去客廳。

「你已經知道這裡發生的命案了吧？」

水穗看到悟淨坐下後，自己也坐在沙發上時問。他脫下黑色大衣時點了點頭。

「我很清楚，也對府上深表同情。」

「所以，有關人偶的事——我姨丈已經不在了，那個人偶交給你沒有任何問題，只是……無法現在馬上給你。」

「妳的意思是？」

人偶師微微皺起眉頭。

「因為命案發生在樓下的音響室……那個小丑人偶就放在那裡。」

「也就是說，」悟淨把食指放在鼻尖，抬眼看著水穗，「命案發生時，小丑也在那個房間嗎？」

「是啊。」水穗垂下眼睛，然後又抬眼看他。

「得知命案時，我就猜想可能是這樣。」人偶師嘆了一口氣，在桌子上握起雙手，「太不可思議了，雖然我其實並不相信人偶的魔咒。」
「總之，因為情況是這樣，目前無法讓你把人偶帶走，你應該能夠理解吧？」
「我非常能夠理解。」他說，「是不是那些頑固的警官說要保存現場？」
「是啊，另外，關於玻璃盒——」
水穗告訴悟淨，一名警官不小心打破了玻璃盒。他皺著眉頭搖了搖頭，嘆了一口氣。
「他們自己破壞了現場。」
「對不起。」
「妳沒必要向我道歉，請問目前誰在那個房間？」
「有兩名刑警在那裡。」
「太好了。」
悟淨拍了一下自己的大腿，猛然站了起來。
「不好意思，可不可以請妳帶我去那個房間？我去和刑警談一談。」
「我覺得只是白費口舌。」
「也許吧，但即使白費口舌也沒有關係。——是這個樓梯嗎？」
悟淨指著通往地下室的樓梯，水穗也跟著站了起來。其實她也想再確認一次現場。

走下樓梯，剛來到音響室門口，山岸就看到了他們。水穗向他們介紹了悟淨，悟淨說了自己的目的。聽到小丑人偶，刑警臉上的表情似乎有點尷尬，可能他知道自己的同事打破了玻璃盒。

「目前暫時無法拿走現場的東西。」

山岸輪流看著水穗和悟淨的臉說道。

「暫時是指多久時間？」悟淨問。

「基本上要等到破案之後。」

「那什麼時候可以破案？」

人偶師的問題似乎有點惹毛了山岸。

「這怎麼知道？可能今天晚上就可以破案，也可能要花一年多的時間。」

「案情也可能陷入膠著嗎？」

山岸的眉頭動了一下，但沒有回答，只是瞪著悟淨的臉。悟淨無視他的反應，伸長脖子，巡視房間內的情況。

「既然你已經知道了，那我們要繼續工作了。」

山岸抓著人偶師的肩膀，悟淨緩緩推開他的手。

「宗彥先生是倒在那裡嗎？」

他指著房間內。

「是啊，有什麼問題嗎？」

「不，沒有。」悟淨搖了搖頭。

「那就請你離開，我們很忙。」

水穗和悟淨被山岸趕了出來，一起走上樓梯。

「沒辦法，只能再等一陣子了，」悟淨在玄關穿鞋子說，「目前也不知道該等到什麼時候——對了，」

他把嘴湊到水穗的耳邊，小聲地問：

「和這裡的主人一起被殺的年輕女人——好像叫三田小姐，這個家裡有沒有人和她關係特別好？我是說，除了這裡的主人以外。」

水穗一臉意外地看著悟淨。

「你為什麼會問這個問題？」

「不，沒什麼特別的用意……請問有沒有？」

「我很久沒來這裡了，所以不太清楚。」

水穗加強語氣說道，但悟淨不為所動，想了一下後，點了點頭。

「是嗎？不好意思，我問了無聊的問題，那我就告辭了。」

人偶師打開門走了出去。

水穗覺得這個男人很奇怪。

這天晚上，吃完晚餐時，松崎來到豪宅。他說要討論葬禮的事，晚一點近藤夫婦也會來。水穗帶他去會客室後，為他送上了咖啡。

「有什麼進展嗎？」

松崎眨著怯懦的雙眼問水穗。

「不知道，」她偏著頭，「刑警先生什麼都不肯說，但既然裡裡外外查了這麼久，多少應該有點進展吧。」

水穗說話時，注意觀察松崎的表情。因為她想起今天早上青江說，他也有殺害宗彥的動機。他看起來連殺死一隻蟲子都會臉色發白，會做出殺人這麼可怕的事嗎？

「是嗎……他們裡裡外外調查的話，也調查了這棟房子嗎？」

「不，家裡的話只調查了音響室，但房子周圍和院子都徹底調查過了。」

「是喔。」

松崎心神不寧地縮著矮小的身體，打量著會客室。他把皮革公事包緊緊抱在腿上，可能裡面放了什麼重要的文件。

「警察沒有去公司嗎？」

「有來啊，問了目前的經營狀況之類很深入的問題，我猜想應該沒什麼問題。」

「是嗎？」

松崎拿出香菸，水穗向他說了聲：「請慢慢坐。」就離開了會客室。

之後，近藤夫婦來了，勝之和靜香一起去了會客室，只有和花子仍然留在客廳看電視。水穗去送茶回來後，和花子關掉了電視。

「水穗，」她小聲地叫著水穗，「警方有沒有透露是否找到嫌犯了？」

她問了和松崎相同的事，可能覺得向水穗打聽最方便吧。

水穗重複了一遍剛才回答松崎的話。

「是喔……」

和花子垂下眼睛，似乎若有所思，但立刻抬頭看著水穗。

「對妳來說，真是一場災難。妳難得回來，卻遇到這種事。」

「不，我沒關係。」

「妳媽不來嗎？」

和花子問起水穗的母親琴繪。水穗今天中午曾經和琴繪通電話，琴繪說，會來參加宗彥的葬禮。水穗告訴了和花子，和花子自言自語地說：

「是啊，再怎麼那個，至少也要來葬禮露個臉。」

水穗能夠猜到她想說什麼，一定是「再怎麼恨宗彥」的意思。

「水穗，我只是打一個比方……」

和花子在沙發上挪了挪身體，靠向水穗。因為她說話太小聲，水穗只能把頭伸過去，和花子在她耳邊說：

「不是發現了沾血的手套，和宗彥睡衣上的鈕釦嗎？警方對這兩件事有沒有說什麼？」

「沒說什麼啊。」水穗回答後又反問她：「妳知道這件事的相關情況嗎？」

和花子慌忙搖著手說：

「不是，我只是有點在意。」

然後，她站了起來說：「我去會客室看看。」接著便走了過去。

真奇怪。水穗心想。難道和花子也懷疑殺害宗彥他們的兇手是自家人嗎？

那天晚上，永島也來了。他說很在意之後的發展，在家裡坐不住。

「佳織的情況怎麼樣？」

他一開口就問道。永島似乎很關心仰慕自己的輪椅女孩。

水穗對他聳了聳肩。

「可能因為白天刑警又上門的關係，她一直在自己房間。」

「刑警？刑警來幹什麼？」

「我什麼都不知道。」

水穗一口氣說完，而且說話的語氣有點兇，永島瞪大了眼睛。水穗摸著臉頰，緩緩搖了搖頭。

「對不起，因為大家都問我相同的問題。」

永島吐了一口氣說：

「妳也很辛苦吧？等葬禮結束後，妳最好先回家一趟？」

「嗯，也對。」

水穗不置可否地應了一句。琴繪今天在電話中也這麼說。妳先回家一趟吧——琴繪在電話中說。水穗並沒有告訴母親，這起命案有可能是自家人所為。

「我打算等事件告一段落後再回去。」

她又重複了白天對母親說的話。

「我能夠理解妳的心情，真希望趕快擺脫這種狀態。」

說完，他走上了樓梯。應該去探視佳織的情況。

——事件告一段落……

真的會有這麼一天嗎？水穗忍不住感到懷疑。因為一旦抓到真兇，也許會帶來新的悲劇。

（小丑之眼）

下方沉澱著帶著菸臭味的空氣，失去主人的椅子、電話和各種音響設備都無所事事地佇立在黑暗中。

寧靜的時間。

周圍似乎是隔音牆，幾乎聽不到任何聲音，只有一片寂靜的黑暗。

這是我最放鬆的時間。天亮之後，那些神經大條的男人又會打破這份寂靜。

我思考著很多事。思考著自己目前在這裡的理由，以及這棟豪宅的歷史——

我可以從滲入房子的各種氣味中，解讀出這裡的過去。

這個家的過去充滿了深沉而黑暗的悲傷，我就像傾聽音樂般汲取這些悲傷，收藏在內心的角落。

咦？

我正陷入陶醉，有人打開了門鎖。

門好像慢動作般緩緩打開，有人走了進來。從那個人的體格判斷，應該是男人。

男人關上門，沒有打開房間內的燈，而是打開了手上的手電筒，似乎在找什麼東西。

不一會兒，燈光聚集，照在整理櫃上。

我的旁邊放了一個盒子，那是拼圖盒子，就是那個拿破崙的肖像什麼的。

男人來到整理櫃前，伸出右手拿了那個盒子，然後微微打開蓋子，從長褲口袋裡拿出什麼東西，再度把手伸向盒子。我聽到有什麼東西放進盒子的聲音。

我想要看清男人的臉，但手電筒的光太刺眼，我什麼都看不到。之後，那個男人試圖把盒子蓋起來，但因為太用力，反而蓋不起來，蓋子角落有點撐破了。

男人打開門，關掉手電筒後走了出去。當他關上門後，當然沒忘了鎖門。

他到底把什麼東西放進了盒子？

我完全搞不清楚狀況。

2

二月十四日，星期三。

宗彥的葬禮在竹宮產業總公司的禮堂內舉行，水穗當然也出席了，但沒想到比她原先想像的更累。在為數龐大的參加者燒香期間，她必須一直站著，應付那些前來弔唁的陌生人也是一件累人的事。

但水穗還算是輕鬆的，靜香和佳織完全無法休息，近藤和松崎也忙著招呼前來弔唁的客戶。

水穗在休息喘息時，琴繪才姍姍來遲。她一身喪服，平時優雅地披在肩上的長髮盤了起來。

「兩、三年前才進公司的人一定覺得這家公司三天兩頭在舉辦葬禮。」

「妳這麼晚才來，」水穗瞪著琴繪，「妳不是說，一大早就會來嗎？」

「我去洗頭啊。」

琴繪摸著頭髮，在水穗身旁坐了下來，然後從懷裡拿出什麼東西，遞到水穗面前問：「要不要吃？」

是糖果袋。水穗伸手拿了一顆。

「真諷刺啊，」琴繪也往嘴裡丟了一顆糖果說：「那種男人只因為和賴子姊姊結了婚，居然有資格舉辦這麼盛大的葬禮。」

「媽，妳太沒禮貌了。」

「有什麼關係，我說的是實話。」

琴繪說話的語氣中毫不掩飾對宗彥的憎恨，但水穗卻對此不做任何反應。

「妳和外婆打過招呼了嗎？」

琴繪回答說，已經去過了。

「有沒有談命案的事？」

「聊了幾句。」
「妳怎麼看？」
「什麼怎麼看……我只是覺得很可怕。半夜三更，突然有殺人魔從外面闖進來。」
「從外面闖進來……嗎？但是警方並沒有斷定是外人幹的。」
水穗壓低聲音說，琴繪把頭轉到一旁。
「警方當然會隨便亂說，不能受到他們的影響。」
「我知道……」
「水穗，妳打算什麼時候才回家？」
琴繪問她，似乎命案的事根本無關緊要。
「我前天不是說了嗎？等案子告一段落。」
「但是妳留在這裡也沒用，今天和我一起回去，沒問題吧？」
琴繪不由分說地做了決定。
「這怎麼行？我也和佳織約定，還要在這裡住一陣子。」
「佳織沒問題的，她很堅強。」
「媽媽！」水穗直視琴繪的臉，「我不可以留在這裡嗎？」
琴繪露出傷腦筋的表情，然後露出苦笑。

「妳在說什麼啊，當然沒這種事。」

「那我留下也沒關係吧？再住幾天就好。」

水穗說，琴繪輕輕嘆了一口氣。

「真拿妳沒辦法，但妳要向我保證，不要和這起命案有太多牽扯。」

「為什麼這麼說？妳知道什麼嗎？」

「妳別說傻話了，我怎麼可能知道什麼？」

琴繪說完後站了起來，頭也不回地走出休息室。

（小丑之眼）

門用力打開，胖男刑警走了進來。

「他們現在正在舉行葬禮。」

「會有很多人參加，應該會花不少時間吧。」

竹竿男也跟了進來。

「恐怕也會花不少錢，但奠儀的金額應該也很嚇人，只不過從收支來看，可能也賺不到什麼錢。」

胖男在沙發周圍走來走去，「啊，原來掉在這裡。」他不知道撿起什麼東西。原來是一支原子筆。

「我一直在想，到底掉在哪裡了，果然就在這裡。」

「看起來好像是外國貨。」

「別人送的。」

胖男刑警把原子筆放進西裝內側口袋，「那我們也去葬禮吧。」

他們正打算離開，在關門之前，竹竿男握著門把的手停在那裡。

「咦？」

「怎麼了？」

竹竿男又走了進來，在我面前停了下來，指著我旁邊的盒子說：

「這個盒子有問題。」

「問題？有什麼問題？」

「你看盒蓋的角落，被撐破了，之前還好好的。」

胖男露出恍然大悟的表情，拿出手套，戴在兩隻手上。竹竿男也戴起了手套。

「拿下來看看，小心點。」

在胖男命令下，竹竿男小心謹慎地把盒子放在地上，然後輕輕打開盒蓋。

「並沒有任何異常。」

竹竿男低頭看著盒內滿滿的拼圖片說。

「不，現在還不知道。既然有人動過這個盒子，就一定和以前不一樣了。」

「比方說，偷了拼圖片嗎？」

「很有可能喔。」

胖男點了點頭，拿起一片拼圖。

「好，我們來數一數。」

兩名刑警坐在地上，開始計算盒子裡的拼圖片。他們每次拿出十片，把一百片堆成一堆。不知道他們是否經常做這種事，動作十分俐落，地上很快出現了一堆又一堆的拼圖片。

然後——

「喂，野上，」胖男叫著竹竿男的名字，「這盒拼圖總共有兩千片吧？」

「沒錯。」

「這就奇怪了，如果少了幾片還有可能，怎麼會多出來？」

胖男打量著自己手上最後一片拼圖片。

「顯然有人把多餘的拼圖片放了進去。」

「是啊，但是到底有什麼目的？」

「不知道……」

「野上，趕快聯絡總部，派目前沒有在忙其他事的人力過來。」

「然後呢？」

「那還用問嗎？現在開始拼這幅拼圖，就可以知道哪一片是多出來的。」

「好。」

竹竿男立刻站了起來，走向放在房間角落的電話。他一拿起電話，胖男又大聲對他說：

「再要求派鑑識人員過來，馬上過來！」

3

葬禮結束時，已經傍晚了。水穗和青江一起坐上了佳織的車。佳織的車是一輛改造廂型車，輪椅可以直接上車。平時都由宗彥開車，今天由永島握著方向盤。

「我覺得應該由我來開車。」坐在副駕駛座上的青江不時瞥著永島說，「因為我要趁早適應。」

永島不以為意地沉默著，佳織在後方說：

「你為什麼要適應？不要隨便亂說話，我們現在要去永島先生的店，他開車當然最合適。」

佳織剛才說，要去永島在一個月前剛開幕的新店參觀，順便去散散心。佳織在剛開幕時曾經去看過，但希望水穗也去看一下。據說佳織當初對店內的裝潢也參與了一點意見。

「今天我就不堅持了，只不過姨丈去世之後，以後必須有人當妳的司機。」

「為什麼要由你來當司機？」

「我不行嗎？」

佳織沒有回答，看著水穗。

「水穗姊，妳會開車吧？」

水穗點了點頭。

「水穗不行啦。」青江轉過頭說，「她不可能長期住在十字屋，也差不多該回自己的家了吧？」

「是啊……」水穗含糊其詞。

「不行。」佳織在一旁插嘴，「拜託妳，再多陪我一陣子，至少等這起討厭的事件解決之後……可以嗎？」

聽到佳織的懇求，水穗默默點了點頭。即使佳織不拜託，她也想知道這起命案的發展。

「即使這樣，也只是暫時的，總有一天要離開。」

青江似乎很想當佳織的司機。

「那你也一樣啊，你今年春天不是就要畢業了嗎？到時候就要搬出我們家了。」

「我還沒有決定要搬走，我繼續住在那裡不行嗎？」

「我無所謂。」

「妳說話真無情。」

青江轉頭看向前方，深深地靠在椅背上，「但是我勸妳要多留意，因為在同一個屋簷下，可能住著比我更需要警惕的人。」

「你好像話中有話。」

一直默默開車的永島在等紅燈時拉起了手煞車，轉頭看著青江的臉。

「所以……你是說前幾天的命案嗎？」

「是啊，」青江停頓了一下，「那也是其中之一。」

「聽起來你好像懷疑是自己人幹的，有什麼根據嗎？」

水穗看著青江的背影問。

「目前並沒有，但至少警方懷疑是自家人幹的。我不是告訴妳，我在慢跑時遭到跟蹤嗎？」

「警方當然會考慮到各種可能性，」永島說，「不能就憑這一點下定論。而且，如果是自家人幹的，應該早就逮到人了，畢竟範圍很有限。」

前方的號誌燈由紅轉綠，永島再度踩下油門。
「這是很有常識的見解，只不過我覺得太常識化了。」
「什麼意思？」
佳織語帶怒氣地問，她從輪椅上微微探出身體。
「妳不要露出這麼可怕的表情，我說的常識，只是指一般的意思。那天晚上，住在那棟房子裡的都是自家人，所以，即使有人包庇兇手也很正常。畢竟任何人都不希望自己身邊有殺人兇手。」
「你居然懷疑大家，太過分了，更過分的是完全沒有任何根據。」
佳織咬著嘴唇，看著青江的側臉。他不以為然地說：
「很過分嗎？而且，我並不是毫無根據。我想了各種可能，都得出這樣的結論……算了，先不談這些，我也不想讓我的女朋友傷心。」
青江露出潔白的牙齒，再度轉頭看著前方。佳織瞪著他一會兒，然後轉頭看著水穗，似乎在等待她說話。
但是，水穗無法說任何話。因為她自己也認為兇手很可能是十字屋內的人。
而且，永島不發一語的凝重表情也讓她很在意。
永島的店門口掛著「臨時休息」的牌子。走進玻璃門，立刻聞到一股洗髮精的味道。店面並不大，只有四張美髮椅，但後方的牆壁整片都是鏡子，感覺店面很深。

「我喜歡牆壁的顏色沉穩一點，原本希望所有牆壁都用相同的顏色，但我爸爸說，鏡子可以讓空間感覺比較寬敞。」

「姨丈？」

「建築業者是公司的下游承包商，所以爸爸也曾經來看過幾次。但爸爸很難得親自出馬，真不知道吹了什麼風。」

然後，佳織又小聲地補充說，她媽媽一次也沒來過。

水穗和青江坐在等候區的沙發上，佳織的輪椅靠在旁邊。永島正在準備咖啡。等候區旁有一個小書架，上面放著漫畫和周刊雜誌。

「店裡有幾名員工？」

青江打量著店內，問永島。

「男女各一名，男美髮師之前和我在同一家店，那個女生還是實習生。」

「實習生？那還很年輕吧？還不到二十歲嗎？」

佳織看到牆上掛的白色圍裙問。

「很年輕啊，高中剛畢業，正在讀專科學校。一位恩人拜託，所以我就讓她來店裡工作。」

「那個女生很可愛啊。」

佳織一臉無趣地說。

永島用托盤端了四杯咖啡過來。他的動作很熟練，可能平時也經常向客人提供咖啡。

「以你的年齡，要開這家店很難吧？」

青江拿起咖啡杯，再度巡視店內。

「是啊，如果不是從父母手上繼承，恐怕很困難。」永島用咖啡杯暖著手說：「所以，我很感謝竹宮叔叔。」

大家都知道，他口中的竹宮叔叔就是幸一郎。幸一郎活著的時候就留下遺囑，上面明確提到了留給永島的金額，據說永島就是用那筆錢開了這家店。

「但你實際繼承的遺產比其他人少了一位數。」青江用試探的眼神看著永島，「雖說是同父異母，但畢竟也是親生兒子，應該可以分到更多，現在開了這家店，付完稅金之後，手頭上就沒剩多少了。」

「我覺得已經足夠了。竹宮叔叔願意留一份給我，我就已經感激不盡了。」

「是這樣嗎？」青江意味深長地撇著嘴，「完全沒有血緣關係的宗彥先生占了最大的便宜，你不覺得很嘔嗎？」

永島抬起原本看著咖啡杯的雙眼，正想要說什麼，佳織搶先說：

「青江，你別說話沒禮貌。」

「你想要我說什麼？」

永島的語氣很平靜，但臉上的表情有點僵。

「沒有啊。」

青江若無其事地把咖啡端到嘴邊。

永島和佳織不發一語地看著青江，水穗尷尬地觀察著他們三個人，也拿起了咖啡杯。

就在這時，聽到了咚咚的聲音。水穗一回頭，發現有人在敲玻璃門。

「沒有看到今天休息的牌子嗎……」

永島的話說到一半，不自然地停了下來，因為他認識敲門的那個人。那個人就是刑警山岸。山岸露出親切的笑容向他揮著手。

「那個重量級的刑警竟然跟到這裡來了，」青江開玩笑地說，「不知道是跟蹤誰而來的。」

永島起身走向門口，一打開門，山岸肥胖的身體就擠進店內。

「原來大家都在啊。」

山岸笑嘻嘻地說，高個子的野上也跟在他身後走了進來。野上的表情有點緊張，水穗立刻意識到發生了什麼事。

「請問有事嗎？」永島問。
「當然是有事才會來。有一件事想要請教你一下。」
「什麼事？」
「你前天晚上有沒有去十字屋？」
「有去……怎麼了嗎？」
永島的聲音有點發虛，山岸的雙眼亮了起來。
「然後住在那裡嗎？」
「因為時間晚了，所以他們叫我住下，不行嗎？」
「沒什麼不行，只是不能擅自進入命案現場。」
「……」
永島說不出話，就連水穗也發現他的眼神很慌亂。
「咦？我放去哪裡了？」
山岸在嘀咕時，故意大動作地在長褲口袋裡摸索著，拿出一個小塑膠袋遞到永島面前問：
「你見過這個嗎？」
山岸臉上仍然帶著不懷好意的笑容。
永島站了起來，看著塑膠袋的東西。水穗也稍微站起來，發現裡面裝了一片拼圖。水穗不知道那片拼圖片代表什麼意思，但永島臉色大變。
永島的嘴角抽搐了兩、三次，用略微顫抖的聲音問刑警：
「這個怎麼了？」
「你問我——怎麼了？」
刑警故作驚訝地張大了眼睛。
「你怎麼問我怎麼了呢？」
山岸把塑膠袋拿在左手，右手指著其中的拼圖片，「你看，請你仔細看一下，角落的地方顏色不是特別深嗎？調查後發現，那是宗彥先生的血跡。」
刑警停頓了一下，又繼續說了下去：「我們又調查了表面，發現上面留下了指紋。永島先生，那是你的指紋。」
永島看向刑警手指的部分，用力眨了幾次眼睛，他用左手捂著自己的嘴，瞥了水穗和其他人一眼後，再度看著刑警。
「為什麼……？」永島小聲嘀咕。
「你問我們為什麼會發現這個拼圖片嗎？因為你犯下了疏失。」
「疏失？」
「這個問題等一下再說，先請教你一下，你為什麼會有這片拼圖？」
不知道是否被刑警的威嚴嚇到了，永島向後退了兩、三步說：

「這是有原因的。」

他說話的聲音很沙啞。

「我也知道必定有原因，」山岸提高了音量，「而且必定是有各種原因，才會有眼前的狀況。」

「請容我說明。」

「沒問題。」山岸把塑膠袋放回懷裡，「只是請你跟我們回分局再說，我猜想必定是很深入的原因。」

他向站在一旁的野上使了一個眼色，瘦高個的野上立刻走到永島身旁，把手放在他背上推了一下。

永島用力深呼吸了兩、三次，讓自己的心情恢復平靜，轉頭看著水穗說：

「麻煩妳幫我鎖門，妳開車沒問題吧？」

他交給水穗兩把鑰匙，一把是店裡的鑰匙，另一把是車鑰匙。水穗點了點頭，接過鑰匙。

「永島先生！」

佳織忍不住叫了他一聲。永島看著她，緩緩點了點頭。

「不用擔心，我很快就會回來。」

然後，他又對刑警說：「那我們走吧。」

山岸板著臉，對水穗和其他人微微欠了欠身，走了出去，永島被野上催促著跟了上去。「永島先生！」佳織又叫了一次，但這次永島並沒有回頭。

4

「以我的直覺，應該不需要為永島先生擔心。」

離開永島的店後，青江熟練地開著車回十字屋。最後決定由他開車，水穗和佳織一起坐在後車座。

「你有什麼根據嗎？」

佳織的眼眶有點泛紅，聲音也不像平時那麼溫柔。

「因為我知道永島先生是個聰明人，如果他是兇手，才不會犯下在證物上留下指紋這種疏失。」

「證物？你是說那片拼圖嗎？」

「聽那名刑警說話的語氣和永島先生的態度來看，應該是這樣，而且上面沾到了宗彥姨丈的血跡。」

「不知道刑警在哪裡找到那片拼圖。」

水穗對著青江的背影問。

「不知道在哪裡發現的，剛才那個姓山岸的刑警說，永島先生犯了疏失。」

「永島先生為什麼會有那個？」

「正如他所說的，其中是有原因的吧？只不過這個原因即使不會讓永島先生成為兇手，可能也無法期待正面的結果吧？」

「什麼意思？」水穗問。

青江沒有立刻回答，想了一下後才說：

「關鍵在於永島先生從哪裡拿到那片拼圖，如果是在十字屋中……」

水穗感到背脊一涼。目前只有她知道宗彥睡衣的鈕釦掉在屋內，但如果青江剛才說的話屬實，代表警方已經確信兇手是自家人。

「你好像很希望兇手是自家人，」佳織用責備的語氣說道，然後右手放在額頭上說：「重點是永島先生，不知道誤會能不能澄清？」

希望真的只是誤會——水穗看著佳織，忍不住這麼想。既然永島那天晚上也住在十字屋，他也完全有可能是兇手。

青江開車回到豪宅前時，水穗立刻發現很不對勁。門前停了好幾輛陌生的車子。

「是警察。」青江說。

一個眼神銳利的男人站在大門旁，水穗和其他人的座車駛進大門時，那個男人投來銳利的眼神，但沒有特別叫住他們。

水穗和青江一起，推著佳織的輪椅走進屋內，和花子一看見他們，立刻跑了過來。她已經脫下喪服，換上了便服。

「永島真的被逮捕了嗎？」

她壓低聲音問道。永島被帶走的消息似乎已經傳了回來。

「他不是遭到逮捕，」佳織回答，「而是以證人的身分協助警方辦案。」

「是喔……原來是這樣。」

和花子不置可否地點了點頭，水穗經過她身邊，走去客廳，發現勝之和松崎也坐在沙發上。兩個人都有點心神不寧，一口接一口地抽著菸。

「永島並不是遭到逮捕。」

和花子告訴他們。

「到底是怎麼回事？」

勝之問水穗他們，青江向他們說明了在永島的店內發生的事，聽到警察發現的拼圖上沾有血跡時，勝之他們全都露出了緊張之色。

「原來是這樣。」

勝之嘆著氣說話時，樓梯上傳來男人的聲音，還有腳步聲。

「是警察嗎？」

水穗問。和花子一臉憂鬱地收起下巴。

「剛才來的，說他們想要調查一下，要去看每個人的房間，現在外婆陪著他們。」

「是不是在看永島住的房間？」

松崎好像在徵求大家的意見，勝之回答說：「也許吧。」

不一會兒，刑警就下樓了，他們沒有看水穗和其他人一眼就走向玄關。其中一名刑警拿起電話，面色凝重地不知道打電話去哪裡。

「現在到底怎麼樣啊？」

佳織握著水穗的手，一臉擔心地問。水穗沒有回答，默默地回握了她纖細的手。

不一會兒，那個打電話的刑警走進客廳，巡視了客廳內的人。

「等一下會有重大的事情要公布，請各位在這裡等候。」

年輕刑警說完就走了出去，靜香幾乎同時從二樓走了下來，她似乎累了，氣色很差。

「媽，妳還好嗎？」

勝之立刻站起來牽著靜香的手，松崎把沙發讓給靜香。

「我沒事，別擔心。」

靜香坐了下來，喝了一口鈴枝端來的茶，重重地嘆了一口氣，肩膀也用力往下一沉。

「媽，警察在上面幹什麼？」

和花子問。

「我也不太清楚，好像在調查宗彥的蒐集品。」

「蒐集品？就是拼圖和帆船的模型之類的嗎？」

勝之問，靜香點了點頭。

「最初調查了宗彥的房間，然後又看了各個房間內的拼圖和模型，但並沒有告訴我們到底有什麼目的。」

「外婆，警方的人有沒有說永島先生的事？」

佳織不安地看著外祖母的臉。

「我問了好幾次，但他們都顧左右而言他。我覺得永島被帶走和警方立刻展開行動有關。」

所有人聽了靜香的話都安靜下來，警察的行動令人心裡發毛，每個人都產生了不祥的預感。

「他們到底想幹什麼？」

勝之難掩內心的焦躁，氣鼓鼓地說道，客廳的氣氛更凝重了。

一個小時後，幾名刑警再度出現，山岸和野上也在其中。跟在他們身後的永島吸引了水穗和其他人的目光。

「永島先生！」

佳織叫了一聲，他點了點頭，然後痛苦地咬著嘴唇，低下了頭。

「大家都到齊了吧？」

山岸肥胖的身體向前挪了一步，雙手握在背後，巡視了在場的所有人。

「簡直就像名偵探，」青江用充滿嘲諷的語氣說，「好像進入了推理小說的高潮。」

山岸的雙眼露出喜色，看著青江說：

「你的形容很正確，的確進入了高潮。」

5

山岸緩緩轉動脖子，確認所有人的反應後，用右手放在嘴巴上，輕輕咳了一下，再度把手放在身後。

「好，」他終於開始說正事，「在進入主題之前，先簡單說一下目前為止的發展，這樣說起來比較簡單。」

說完，他走到通往地下室的樓梯旁，指著樓下說：

「這個家的主人宗彥先生和他的秘書三田理惠子小姐被殺後，因為在後門外發現了疑似兇手留下的手套，以及在屋外發現了宗彥先生睡衣上的鈕釦，所以我們最初認為是外人闖入所犯的案子，展開了偵查工作，可惜我們之後盡了全力調查，仍然找不到任何第三者闖入的痕跡。兇手輕率地把手套丟在後門，卻沒有留下其他任何痕跡——這一點實在太奇妙了。」

「可能兇手並不認為丟掉手套是危險的行為，事實上，你們也無法根據手套找到兇手，不是嗎？」

勝之語帶挑釁地說，但山岸面不改色。

「只是從兇手的心理來思考，覺得很奇妙。如果要丟掉，照理說應該逃去遠一點的地方再丟，不是嗎？」

「……」

勝之沒有說話，山岸心滿意足地點了點頭。

「但我們並沒有因為這樣就立刻認為是自家人犯案，只是在某種程度上確認了各位的行動。」

確認——水穗覺得他用的字眼很客氣。

「結果偶然發現了破案的突破口。」

山岸微微挺起胸，從西裝口袋裡拿出原子筆。

「這支原子筆掉在命案現場的房間內，今天早上，我又再度上門來找筆。當時，各位都去參加葬禮，只有鈴枝嫂在家，結果我們發現有人潛入命案現場。」

所有人都露出緊張的表情，山岸告訴大家，「拿破崙的肖像」盒蓋破了，以及在計算裡面的拼圖片後，發現總數多了一片。

山岸說完，向站在旁邊的兩名年輕警官使了一個眼色，兩名警官走出房間，不一會兒，抬著一塊很大的塑膠板走了進來。畫面上出現一幅拿破崙騎在馬上的畫。有人發出了驚叫聲。

「很壯觀吧，兩千片拼圖是一項大工程。好幾個年輕人拼了半天，比想像中更耗時間。」

山岸向警官示意後，兩名警官又把塑膠板搬去房間的角落。

「完成這幅拼圖後，當然就發現多了一片拼圖，就是這個。」

他拿出剛才那個塑膠袋。「來，請各位看一下。」

他交給離他最近的鈴枝。鈴枝又依次傳給其他人。塑膠袋裡裝了一片藍色拼圖片。

「上面沾到了宗彥先生的血跡，同時還有永島先生的指紋。因此，我們認為永島先生溜進了地下室，偷偷把這片拼圖放進了盒子。向當事人確認後，他也承認了。」

所有人的視線都集中在永島身上，他按著眼角，一動也不動。

「問題是，」刑警更大聲地說道，「為什麼永島先生要這麼做？永島先生為什麼會有這片拼圖？雖然永島先生一開始不願回答，但經過我們的說服後，終於說出了真相。永島先生——」

說到這裡，他張著嘴巴停了下來，巡視所有人後，才繼續說：

「他承認在發現宗彥先生他們的屍體後，在屋內撿到這片拼圖。聽好了，是在屋內，就在樓梯這裡。」

山岸站在通往地下室的樓梯前。

「我們開始思考，為什麼沾有宗彥先生血跡的東西會掉在屋內？如果兇手是外人，行兇後從後門逃走，絕對不可能發生這種情況。於是就得出一個結論，永島先生也得出了相同的結論，所以才會想到把拼圖片放回盒子。也就是說，兇手是那天晚上住在這棟房子裡的人——也就是你們幾位。」

山岸說話越來越大聲，響徹寬敞的客廳。水穗很想觀察此刻每個人臉上的表情，因為她知道，聽完山岸的這番話，一定有人感到很大的衝擊。

「不要再執迷不悟，怎麼樣？兇手願不願意自首呢？」

刑警仍然雙手放在背後交握著，視線從眼前這些嫌疑犯身上移開。水穗確信他已經知道誰是兇手了。

一陣凝重的沉默。山岸很有耐心地等待著，但似乎終於按捺不住了，重重地嘆了一口氣，再度面對水穗等人。

「沒辦法，那我就繼續說下去，關於這片拼圖片……」

山岸把裝了拼圖片的塑膠袋舉到臉前，「剛才我也說了，這不是散落在現場的『拿破崙的肖像』中的拼圖片，到底是哪一幅拼圖的拼圖片呢？不過，在說明這個問題之前，先請各位考慮一下為什麼上面會沾到血跡。」

水穗聽了，忍不住倒吸了一口氣。既然不是命案現場的拼圖片，怎麼可能沾到宗彥的血跡？

「我們注意到永島先生撿到這片拼圖片的地點，也就是想到附近是否還有其他沾到宗彥先生血跡的東西。於是做了魯米諾試驗，調查了血跡反應，結果……」

他拿起放在腳邊的垃圾桶遞到大家面前，「這個垃圾桶內出現了血跡反應。」

所有人的目光都集中在這個籐製垃圾桶上，但沒有人說話。因為大家都不知道這件事所代表的意義。

山岸繼續說道：

「這個垃圾桶內有血跡反應，代表曾經有人把沾有血跡的東西丟在裡面。那麼，是沾到血跡的什麼東西呢？另外，我們還發現有人把垃圾桶上的血跡擦掉，到底是誰擦的？」

「所以，這是……」勝之開了口，又看了看其他人後繼續說：「是兇手擦的吧？」

「不，不是兇手。如果要擦掉血跡，一開始就不會丟進垃圾桶內。擦掉血跡的人只想要掩飾兇手是自家人這件事。這個人一看到垃圾桶裡的東西馬上處理掉了，當時，那個人已經知道了地下室發生的慘劇。」

山岸稍微走動了幾步，突然停下腳步，微微彎下身體，盯著每一個人的臉。

「鈴枝嫂。」山岸用稍微溫和的聲音叫著她的名字。鈴枝低下頭，垂著眼睛。

「是不是妳擦掉了垃圾桶上的血跡？只有最早起床的妳有機會做這些事。」

鈴枝沒有回答。她低著頭，抓著腿上的圍裙。

「是這樣嗎？鈴枝嫂，請妳老實回答。」

靜香在她身後說道。鈴枝垂著雙眼轉過頭，緩緩閉了一次眼睛，轉頭看向山岸的方向。

「沒錯。」

鈴枝的聲音沉重而沉痛，所有人都倒吸了一口氣。

「是嗎？垃圾桶裡丟的是什麼？」

「是手套。」

幾個人發出驚叫聲。沒想到那副手套原本丟在屋內。

「可不可以請妳把實情統統說出來？請正確地說出那天妳起床之後的事？」

山岸從飯廳搬來一張椅子，大屁股重重地坐在上面。

鈴枝起初猶豫了一下，隨即揉絞著圍裙，娓娓訴說起來——

鈴枝那天早晨起床後開始打掃，看到通往地下室樓梯旁的垃圾桶嚇了一跳。因為裡面丟了一副沾滿血的手套。她立刻產生了不祥的預感，戰戰兢兢地走下樓梯，發現地下室的門敞開著。她向房間內張望，看到了更可怕的景象。宗彥和理惠子陳屍在音響室內。鈴枝忍不住想要驚叫，但天生的冷靜讓她想到眼前的情況一定和垃圾桶內的手套有關。因為後門鎖著，她立刻知道了答案——兇手是這棟房子裡的人。

她清理了垃圾桶，把裡面的手套丟到門外，同時打開了後門的門鎖。目的當然就是為了掩護兇手。

「雖然我知道不應該這麼說，但我痛恨老爺和那個秘書，比起那兩個人，我更希望珍惜活著的人。」

鈴枝用這句話做為總結。

山岸聽完她說的話，沉思了片刻。隨即用右拳抵著太陽穴開始發問。

「妳怎麼清理垃圾桶？」

「我用面紙擦拭，然後把面紙統統丟進馬桶沖掉了。」

「垃圾桶裡還有其他東西嗎？」

「沒有，我沒有發現。」

「妳剛才說，後門原本是鎖著的？」

鈴枝點了點頭。

「所以，後門上的指紋也是妳擦掉的嗎？」

鈴枝又點了點頭。山岸低頭看著鈴枝的臉，似乎在判斷她有沒有說謊。

「除了擦拭垃圾桶、丟手套和打開後門的鎖以外，妳有沒有做其他故布疑陣的事？」

「呃，頭髮……」

「頭髮？」

「對，那……」

鈴枝搓著手掌，慢吞吞地說：「老爺的手上抓了幾根頭髮，我拿下頭髮，用面紙包起來後，丟進馬桶沖掉了。」

「妳怎麼……？」

山岸重重地嘆了一口氣，無奈地搖了搖頭。「如果有那幾根頭髮，我們就可以立刻破案。」

「我知道，但是，」鈴枝停頓了一下，再度開了口，「因為我覺得不破案也沒關係。」

「我知道妳的想法——除此以外，妳還有沒有做其他事？」

「除此以外嗎？不，除此以外，我沒有……」

鈴枝說到這裡，露出突然想起了一件事的表情，又補充說：「差點忘了鈕釦的事。」

「鈕釦？原來如此，妳是說那顆鈕釦。」

「是。因為老爺睡衣的鈕釦掉在他身旁，所以我用布擦掉指紋後丟到後門外，偽裝成兇手掉落的。」

——鈕釦掉在姨丈身旁？

太奇怪了。水穗心想。在發現屍體的前一天晚上，她是在二樓的走廊上看到那顆鈕釦，所以不可能出現在宗彥的屍體旁。

——鈴枝嫂在說謊。

水穗感到自己手心冒著汗。

「是這樣嗎？好，我瞭解了，這樣就統統可以兜攏了。」

山岸猛然站了起來，再度在眾人面前踱步。踱了一圈後，拿起了剛才的垃圾桶。

「從鈴枝嫂剛才的話可以知道，裡面丟了沾滿血跡的手套。應該是兇手丟的，但是，根據我們的推測，當時除了手套以外，兇手還丟掉另一樣東西，就是永島先生撿到的那片拼圖。」

他又在大家面前舉起那片拼圖。

「兇手行兇之後，把手套丟在這裡，但當時並沒有察覺自己身上有一片拼圖，八成是黏在兇手的衣服上。兇手以為是命案現場的那幅拼圖，也就是『拿破崙的肖像』中的拼圖，所以和手套一起丟掉了。拼圖上的血跡應該就是那個時候沾到的。不知道是兇手沒有丟進垃圾桶，還是鈴枝嫂在拿出手套時掉了出來，總之，那片拼圖掉在垃圾桶旁。在屍體發現後，被永島先生撿到了。」

山岸一口氣說完，轉頭巡視眾人的反應。

這時，勝之開了口。

「但是，那並不是拿破崙拼圖上的吧？」

山岸用力點了點頭，彷彿就在等他這句話。

「沒錯，也就是說，兇手不小心沾到了其他拼圖上的拼圖片，卻以為是拿破崙的。」

「其他拼圖的話，就是姨丈房間內的拼圖，或是放在會客室內的『鵝媽媽』吧？」

「你說對了。我們在調查之後發現，沒有任何拼圖有短缺。」

原來那些刑警剛才在調查這件事。

「所以是怎麼一回事？」靜香問。

「很簡單，」刑警說道，「兇手把少了拼圖片的拼圖丟掉了，換上了全新的拼圖。誰有辦法做到這件事？針對這個問題深入追究，就可以清楚知道誰是兇手。」

山岸大聲走到一個人面前，然後伸出他的胖手指指向某個人。

「松崎先生，兇手就是你！」

松崎垂著頭，一動也不動，好像沒有察覺自己被指名了。

過了一會兒，他才緩緩抬起頭說：「為什麼？」——他小聲嘀咕道。

「為什麼？」

山岸瞪大眼睛，好像聽到了意想不到的話。

「只要稍微想一下就知道。首先，這棟豪宅內有三幅未完成的拼圖，一幅是『拿破崙的肖像』，還有『鵝媽媽』和『拾穗』。目前已經知道不是『拿破崙的肖像』，所以，應該是剩下兩幅拼圖中的一個，但『拾穗』放在宗彥先生的房間內，案發前沒有人去碰過。」

「所以只剩下『鵝媽媽』……而已。」

勝之語氣沉重地說道。

「沒錯。於是，為了謹慎起見，我們和原畫比較、確認，發現的確沒有錯，這是『鵝媽媽』上的拼圖片。說得更具體一點，是騎著鵝的老太婆身上的衣服部分。這麼一來，就可以清楚知道誰曾經接近那幅拼圖。請各位回想一下，案發的前一天晚上，宗彥先生在會客室內拼『鵝媽媽』這幅拼圖，當時在場的是——」

「我和……松崎先生嗎？」

勝之皺著眉頭看向松崎。

「好像是，」刑警說道，「你們兩位陪宗彥先生到很晚，拼圖片可能是在那個時候掉到褲管的反褶口內。」

「胡說八道！」松崎臉色鐵青地大叫，「只因為這樣的理由就把我當成兇手嗎？」

「當然不是因為這樣而已。」山岸故意慢條斯理地說話，似乎刻意讓松崎著急，「請各位想一下，我剛才已經說了，目前『鵝媽媽』並沒有缺少拼圖片。照理說應該會少才對，實際上卻完全沒有少。為什麼？因為兇手發現自己犯下了一個重大的疏失，他以為是『拿破崙的肖像』中的拼圖片而丟掉的，其實是『鵝媽媽』的拼圖片，兇手認為，一旦得知那片拼圖片是哪一幅拼圖上的，就可以鎖定嫌犯。於是，就去偷偷購買了『鵝媽媽』的拼圖調了包。這裡有一個問題，兇手到底什麼時候發現自己丟掉的拼圖片是『鵝媽媽』上的？」

「那個時候！」

青江叫了起來，「發現屍體的那天，大家不是都等在會客室嗎？那時候松崎先生碰了『鵝媽媽』的拼圖。」

水穗也回想起當時的事。勝之他們在討論善後對策時，松崎在房間角落玩拼圖。

「松崎先生，你就是在那個時候發現少了一片拼圖片，也知道就是自己在案發後丟掉的那一片。你覺得不能讓其他人知道拼圖少了一片，所以故意假裝重心不穩，把拼圖都撒在地上。」

「所以，那時候……」

和花子情不自禁地說道。她似乎想起那天松崎把「鵝媽媽」弄壞的事。

「不是，那只是不小心……」

「你想說是自己不小心弄撒的嗎？」

山岸打斷了松崎的話。

「是啊……」

松崎嘀咕道，山岸張大了眼睛，然後用胖手指指著松崎的胸口說：

「那我問你，你還記得當時的事嗎？因為剛好我也在場，所以記得很清楚。你在撿捧在地上的拼圖時說：『好不容易才剛拼完……真是太可惜了。』那時候明明少了一片，為什麼可以拼完？」

松崎咬緊牙關，汗水從他蒼白的太陽穴流了下來。他放在腿上握拳的雙手微微顫抖著。

「拼圖當然不可能拼完，應該有一個空缺，但你為什麼說拼完了？」

「……」

「反過來說，正因為你拼到了最後，才發現少了一片——我說錯了嗎？」

「……」

「被將軍了，你已經無路可逃了。」

山岸的聲音響徹室內。一陣凝重的沉默後，松崎雙手抱著頭，呻吟著說：

「那是……正當防衛。」

第四章 人偶師

1

今年是暖冬，難得下了雪。水穗在佳織房間內聽著音樂，眺望著十字屋斜對面那一片被染成白色的松樹林。

「水穗姊，妳真的要回去了嗎？」

正在看書的佳織突然抬起頭問道。

「要回去了？」

水穗看著窗外反問。

「妳之前不是說，破案之後就要回家嗎？如果可以，我希望妳再多住一陣子。」

「是啊……」

水穗看著窗外的雪景，思考著該怎麼辦。命案真的解決了嗎？松崎的確已經承認是他幹的，但已經兩天過去了，目前對詳細情況仍然一無所知。

——而且，還有鈕釦的事。

水穗仍然對這件事耿耿於懷。那天晚上自己在走廊上撿到的鈕釦不是宗彥的嗎？不，不可能——

「我可能還會再住一陣子。」

聽到水穗這麼說，佳織鬆了一口氣。

「是嗎？那真是太好了。原本已經夠憂鬱了，如果連妳也走了，我會超難過。而且，我也希望妳可以陪陪外婆。」

那天之後，靜香陷入了消沉，吃飯時也很少下樓。

水穗離開窗邊，正準備在佳織身旁坐下時，聽到敲門聲。

「請進。」佳織說，青江端正的臉龐出現了。

「簡直就像廢墟，」他一開口就這麼說，「我是說這棟豪宅。我回家時遠遠地看到時，有這種感覺。」

「你大可不必回來這種廢墟啊。」

「我也很想，只不過妳在這裡，我怎麼可以不回來？」

青江大言不慚地說。水穗不由地感到佩服，他對這個輪椅美少女的熱心真的只是為了財產嗎？

「我從大學回來時，順便去了公司。」

青江理所當然地在佳織身旁坐了下來，伸手拿起桌上的餅乾。

「公司？」水穗問。

「我去找近藤姨丈，因為我還不瞭解那起命案的來龍去脈。身為被捲入命案的一份子，我當然有權利知道。」

「所以你去問了嗎？」

佳織露出認真的眼神看著他，正在吃餅乾的青江苦笑起來。

「真希望妳平時也可以用這麼真摯的眼神看我。對啊，我去問了，怎麼樣？這下妳不會把我趕出房間了嗎？」

佳織沒有說話，青江笑了起來，然後突然露出嚴肅的表情說：

「目前似乎陷入了膠著。」

「是因為有什麼問題嗎？」

水穗問，青江點了點頭。

「不光是有問題而已。」

「到底是怎麼回事？你不要故弄玄虛了。」

佳織把音響的音量調低，轉頭看向青江。

「我無意故弄玄虛，我就按順序說下去吧。」

他說完這句開場白後，告訴了水穗和佳織有關松崎犯案的經過。松崎說，他並沒有想殺宗彥，潛入地下室，只是為了偷取某份資料。聽說那是有關松崎的收賄證據。

「松崎堂舅收賄？」

水穗忍不住驚訝地大聲問道，松崎看起來溫厚老實，無法想像他會收賄。

「所謂人不可貌相吧。竹宮產業目前正在東北建造新工廠，建造工廠時，會有各種業者，但都要靠投標決定由哪一家業者來做。松崎先生和特定業者勾結，操作投標作業。反正這種情況很常見。」

「姨丈掌握了證據嗎？」

「不，不是妳想的那樣，這件事很複雜。命案發生的前一天晚上，松崎先生回自己房間睡覺時，發現床上有一封信，上面寫了奇怪的內容——已經去世的竹宮賴子前董事長發現了你的收賄行為，也掌握了你和業者密會時的照片等相關證據，放在地下室的櫃子上。宗彥董事長目前還沒有發現，但明天要整理賴子夫人的遺物，也要清理地下室的櫃子，如果不在今晚行動就來不及了——大致是這樣的內容。」

「好奇怪的信……」

佳織不安地皺了皺眉頭。

「也不知道是誰寫的嗎？」

水穗問，青江搖了搖頭。

「沒有留名字，而且整封信都是用文字處理機打字的。這些都是近藤姨丈告訴我的，他說話時始終皺著眉頭。」

水穗點了點頭表示同意，「所以，松崎堂舅就在半夜潛入地下室嗎？」

「就是這樣。即使沒有完全相信那封信上所寫的內容，他也覺得有必要確認一下，畢竟他心虛嘛。等大家都入睡後，就決定展開行動。」

松崎在半夜溜出自己的房間，去客廳拿了鑰匙後，走去地下室。打開門一看，室內很昏暗，只亮了一盞小檯燈，但是，當他想要開燈時嚇了一跳。因為音響室的沙發前躺了一個人，正在呼呼大睡。

慘了，松崎咬著嘴唇心想。宗彥經常在睡前聽音樂，然後就睡著了。

但是，他不能就這樣回頭。因為宗彥可能會睡到隔天早上，一旦到了早上就來不及了。只是在櫃子上翻找東西，應該不至於發出太大的聲響——

松崎下定決心後走到櫃子旁，打開了櫃子門。信上說，證物放在櫃子裡，但他不知道放在櫃子的哪裡。於是，他決定先打開抽屜調查。

當他專心地在第二個抽屜內翻找時，肩膀突然被人抓住了。

松崎說，他來不及叫出聲音，對方就從背後架住了他，而且對方手上握著刀子。松崎事後回想，宗彥似乎以為有小偷闖了進來。

雙方扭打了一陣子後，對方不再動彈。因為室內太暗，所以看不清楚，但是，當眼睛逐漸適應黑暗後，發現刀子刺在對方的肚子上。他忍不住往後退，櫃子上方的拼圖盒掉了下來。

他完全無法思考，衝出地下室，不顧一切地衝上樓梯。途中看到垃圾桶時脫下了手套。這時，聽到有什麼東西掉落的聲音，撿起來一看，原來是拼圖片。他毫不猶豫地把拼圖片也一起丟掉了。當時，他以為那是「拿破崙的肖像」上的拼圖片。

回到房間後，他不停地顫抖，天亮之前，完全沒有闔眼。隨著心情漸漸平靜下來，他知道自己逃不了了。事到如今，只能說出真相，主張是正當防衛——他躺在床上，終於得出了這樣的結論。

「沒想到隔天起床之後嚇了一跳。他原本打算自首，沒想到有人偽裝成有人闖入犯案。最驚訝的是，三田理惠子小姐也死了。」

果然是這樣，水穗心想。因為青江剛才的話中完全沒有提到松崎殺了理惠子這件事。

「所以，松崎先生並沒有殺三田小姐？」

「就是這樣，我剛才說陷入膠著，就是指這件事。」

「但是她死了啊，到底是誰殺了她？」

佳織難得歇斯底里地說。

「不知道，總之，松崎先生矢口否認是他殺的。他說，把手套丟到門外和其他偽裝成外人所為的事，應該都是殺了三田理惠子的兇手幹的。」

「所以，有人在松崎先生之後潛入地下室，那個人殺了三田小姐嗎？」

「顯然是這樣。」

「是喔……」

水穗思考著松崎是否在說謊，難道是為了減輕自己的罪責，所以編了這番謊言嗎？

「那拼圖那件事呢？」

水穗也很關心這個問題。

「幾乎和那個胖刑警說的一樣，他太了不起了。」

「松崎先生什麼時候把拼圖調包的？」

「案發兩天後。他溜出公司，去買了拼圖，然後晚上來這裡的時候調了包。」

水穗想起松崎那天晚上來的時候，小心翼翼地抱著他的公事包。原來裡面放了拼圖——

「沒想到最後因為調包露出了馬腳，如果他什麼都不做，也不至於被發現。」

這也許就是犯罪者的心理，水穗心想。

「總之，目前只剩下三田理惠子是誰殺的這件事，如果真的不是松崎先生所為，到底是誰幹的？」

青江總結道。

「青江，你是不是希望最好是自家人幹的？」

佳織語帶諷刺地說。

「妳似乎覺得我這個人很陰險。」

青江露出苦笑。

「我沒有這個意思，只是覺得你對這種事也能夠樂在其中。」

「我很有興趣，誰都一樣吧？」

「……那可未必。」

佳織移開視線。

「水穗小姐，妳對這起命案有什麼看法？」

青江問道，水穗微微偏著頭。

「現在還無法說什麼，只是同一天晚上，在同一個地點發生了兩起命案……有點難以置信。」

「我也有同感。」

「但是，我不認為松崎堂舅在說謊。」

「我對這件事也有同感。所以，有兩個可能。第一個可能，三田理惠子看到姨丈死了之後，也跟著自殺了。」

「才不是自殺呢！」佳織尖聲說道，「她才不是那種女人，她根本不喜歡我爸爸，只是因為有利可圖，所以才會黏著爸爸。」

青江和水穗似乎被佳織的語氣震懾了，兩個人都沒有開口。她突然回過神似的低下頭，小聲地說：「我覺得應該不是自殺。」

「我也這麼認為。」

青江靜靜地說。

「但是，可能性並不等於零。——還有另一個可能，兇手看到松崎先生殺了姨丈，所以就乘機殺了三田小姐，也一併嫁禍給松崎先生。」

水穗的腦海中浮現出一個想法。

「松崎堂舅床上的那封信搞不好就是兇手放的，也許目的就是為了把堂舅引到地下室。」

「完全有這個可能，問題是誰把三田理惠子小姐找來這裡？除了姨丈以外，還有誰會在半夜三更找她來這裡呢？」

「那個人的事誰知道啊。」

佳織氣鼓鼓地說。

「只要說到三田小姐的事，妳就變得很情緒化。」

青江苦笑著說，但立刻恢復了正色。

「我這麼說，可能又會挨妳的罵，但如果有人殺了三田小姐，絕對就是自家人。妳們應該記得，鈴枝嫂說，後門是鎖著的，所以兇手無法離開。」

佳織聽了，一時說不出話，默默地咬著嘴唇。青江對她的反應感到滿意，起身說：「那我就先走了。」他走向門口，中途回過頭說：

「關於那本書，我發現了有趣的事。」

「哪本書？」水穗問。

「姨丈的那本益智遊戲的書，之前借給我看的那本。」

「喔……哪裡有趣？」

「不，現在還不知道是不是有趣，只是有趣的可能性很高，到時候再告訴妳們，妳們可能會嚇一跳。」

青江說完，走出了房間。

2

翌日中午，水穗難得外出。這是她參加葬禮後第一次出門，一方面是因為命案已經在某種程度上破案了，她的心情稍微放鬆了，刑警似乎也不再跟監。

昨天的晚報上刊登了松崎的事，和青江所說的內容大致相同，報導中提到他

「否認殺害了三田理惠子一事」。

水穗想像著一般民眾看到這篇報導會怎麼想。兇手經常會承認某一起犯罪行為，卻否認另一起犯罪，也許一般民眾只覺得兇手敢做不敢當而已。

但是，水穗心裡卻有很多疑問。到底是誰在松崎的床上留下奇怪的信？如果松崎果真沒有殺害理惠子，到底是誰殺的？是兇手把理惠子叫來十字屋嗎？果真如此的話，為什麼她答應在半夜三更上門？

水穗的內心不斷湧起各種疑問，她又想起鈴枝關於睡衣鈕釦的證詞。「鈕釦掉在老爺身旁」？

——鈴枝嫂為什麼要說謊？

她越想越覺得頭痛。

水穗輕輕搖了搖頭，自己出門是想要散心，希望至少在散步的時候忘記命案的事。

冰冷的空氣吹在皮膚上很舒服。

柏油路面上不時看到水窪，昨天才下過雪，今天的氣溫又回升了。道路旁還留著雪堆，但已經混入了泥巴，看起來很髒。

她沿著坡道不斷往下走。車流量很少的道路兩旁都是有圍牆圍起來的房子，冰雪融化的水流入路面和圍牆之間的水溝裡。

走了十分鐘左右，來到一個平交道，往左走就可以去車站，但水穗沒有轉彎，而是穿越平交道，沿著坡道繼續往下走，在第一個路口向右轉，看到一棟白色建築物。那是竹宮幸一郎出資贊助建造的美術館。

不知道是否因為非假日的關係，美術館內沒什麼人。停車場內停了兩輛車，一輛小貨車，另一輛是廂型車，看起來都不像是參觀民眾的車子。

入口旁掛著看板，上面寫著「現代玻璃工藝展」。水穗向閒得發慌的工作人員買了門票，走進美術館。

館內靜悄悄的，但可以看到參觀民眾的身影。停車場沒有車子，應該是住在附近的居民在參觀。

水穗以為玻璃工藝是使用纖細或極薄的玻璃製作的精巧工藝品，實際看到展示品後，不禁大失所望。美術館內的陳列品都是用抽象的方式，把四方形或三角形等單純形狀的玻璃塊組合在一起，水穗平時對美術品雖然頗有興趣，但如今也忍不住加快了腳步，隨意瀏覽著。

「妳喜歡玻璃工藝嗎？」

不知道哪裡傳來一個聲音，水穗一時不知道那個人是在對自己說話，直到察覺有人靠近，才終於抬起頭。

「啊呀！」

「真巧啊。」

對方就是之前去過十字屋的人偶師悟淨。他今天也穿了一身深色衣服，用白色緞帶代替領帶。

「對不起，我沒有注意到你。」

「不，我應該先向妳打招呼才對，剛才太耍帥了。」

「不會啦，你問我是不是喜歡玻璃工藝？」

「是啊，妳喜歡嗎？」

「不，沒有特別喜歡。」

水穗的視線從人偶師身上移開，看向展示台上的玻璃塊。

「隨便什麼都好，不管是玻璃工藝還是日本畫……只要能散心就好。」

「我能瞭解，我看了昨天的晚報，府上目前正陷入一片愁雲慘霧。」然後，他更小聲地說：「但似乎案情發展很奇妙，兇手否認他殺害了那名年輕女子。」

「嗯，是啊……」

水穗想起悟淨之前曾經問過一個奇怪的問題，他問除了宗彥以外，有沒有人和三田理惠子很親近？悟淨為什麼會問這個問題？

「站著說話不太方便，要不要坐一下？我有事想要請教你。」

「問我嗎？好啊，請往那裡走。」

人偶師左右張望了一下，用手掌指著展示室之間的休息區。

休息區內放了六張桌子，但空無一人。水穗在悟淨的建議下，坐在窗邊倒數第二張桌子旁。這裡的風景最漂亮，而且即使其他座位上有人在抽菸，煙也不會飄來這裡。想必他經常來這裡，才會對環境這麼熟悉。水穗覺得這個男人很不可思議。

她一坐下，立刻提及悟淨日前發問的問題。

「你當時說，並沒有特別的用意，但真的是這樣嗎？」

悟淨把兩隻手放在桌上，靠在椅子上，看著水穗的雙眼似乎在觀察她。

「妳為什麼現在想要問這件事？」

「因為，」水穗看著自己的指尖，「因為我很在意。」

「妳的意思是？」

「我針對這次的事想了很多，漸漸覺得也許不是我姨丈把三田小姐找來家裡，但既然是半夜找她上門，如果不是和她很熟的人，她應該不會理會，於是就想到了你之前問的問題。為什麼你當時問，除了姨丈以外，有沒有其他人和三田小姐很親近——」

「原來是這樣，」人偶師再度坐直身體，把雙肘架在桌子上握著手。「我會問這個問題的理由很簡單。首先，我思考了宗彥先生遇害時，三田小姐是不是在場這個問題，然後用常識思考，認為她應該不在場。如果她當時在場，應該會大喊或是逃走。」

「解剖結果也顯示，他們兩個人遇害的時間的確有前後。」

「我想也是。」他點了點頭。

「所以，兇手把宗彥先生的屍體留在房間，等待三田小姐出現——」

「是啊。」

「但是，兇手並不是傻傻地等待而已。因為地下室房間的入口就可以看到屍體。一旦三田小姐走進房間看到屍體，一定會大喊大叫。」

「所以，先把屍體移到其他地方嗎？」

「我認為不可能，因為屍體上散落了櫃子上掉落的拼圖，一旦移動過屍體，屍體上就不可能有那些拼圖片。」

「喔……也對。」

「也就是說，兇手必須在三田小姐發現宗彥先生的屍體叫喊之前就殺了她。妳認為該怎麼做？」

水穗用右手撥著頭髮，微微偏著頭。這是她在思考時的習慣。

「在三田小姐走進房間前殺了她……」

「沒錯，」悟淨笑了笑，「我認為三田小姐在走進那間音響室之前就遭到殺害。也就是說，兇手在從後門通往音響室的走廊上等她。」

「也是在走廊上殺了她嗎？」

「沒錯，在她不留神時殺了她。」

「之後再把屍體搬進室內……」

「八成是這樣。」

悟淨的推理很大膽。

水穗回想起之前帶悟淨去地下室時，他很注意觀察室內和走廊的情況。原來他當時在想這些事。

「在思考這些問題時，就很自然地知道兇手是三田理惠子小姐在半夜突然遇見時，也不會產生警戒的對象，所以應該可以說是很親近的人。」

「會不會躲在走廊的某個地方，突然衝出來呢？」

水穗反駁道。走廊上有通往儲藏室的門，並不是無處可躲。

但是，悟淨搖了搖頭，慢吞吞地說：

「如果是這樣，兇手就會從後方攻擊，但三田小姐是正面遇刺。」

「喔，原來如此……」

水穗輕輕搖了搖頭表示佩服。

「所以你當時會問那個問題，實在太厲害了。」

「那只是簡單的推理，」悟淨聳了聳肩。他似乎真的認為沒什麼，「而且，這個推理也未必正確。因為我原本以為殺害宗彥先生和三田小姐的是同一個兇手。也許真相簡單得出乎意料，真的只是三田小姐看到宗彥先生被殺後深受打擊，所以自殺了。」

「我不認為有這個可能……」水穗語尾有點含糊地說完後問：「你經常遇到這種事嗎？」

「怎麼可能？」他露出潔白的牙齒笑了笑，「我並不是偵探，只是在追那個小丑人偶時，經常遇到一些奇妙的事件。那個人偶真的具備了神奇的力量，但以目前的狀況，可能還無法把那個人偶轉賣給我吧？」

「這我就不太清楚了。」

水穗撥著劉海，偏著頭說。如果不查明三田理惠子的死亡真相，這起命案就不能算破案。

「我知道這麼說非常失禮，」人偶師說話的語氣十分謹慎，「如果殺害三田小姐的兇手另有其人，那個人很可能就是那天晚上住在十字屋內的人吧？」

「……我不太清楚，希望不是這樣。」

水穗咬著嘴唇說。

「我也是，聽說所有偽裝成外人所為的事都是管家做的。我之前登門拜訪時見過她，覺得她是一位很小心謹慎的人。」

「鈴枝嫂的確很小心謹慎，以前就是忠實的管家。」

「我想也是，否則在命案發生時，不可能立刻就想到去做一些避免主人家的人遭到懷疑的偽裝工作。」

之後，悟淨又補充說，幸好鈴枝沒有偽裝成強盜殺人。因為一旦聲稱有東西失竊，她就必須把失竊的物品藏起來。當警方試圖證明是自家人犯案時，就會努力找出失竊的物品。以警方的人海戰術，應該很快就會找到。

「事到如今，當然都已經無所謂了。」

悟淨似乎為自己剛才的說明毫無意義感到不好意思，皺著眉頭說。

水穗聽他說話時，一直在思考那顆鈕釦的事。鈴枝為什麼要在這件事上說謊？可能是因為水穗露出了思考的表情，所以悟淨問她。

水穗打算和他商量這件事，也許他會有不同的見解。而且，這位人偶師值得信賴——她有這樣的感覺。

「有一件事非常重要，但我還沒有告訴警方，可以和你商量嗎？」

水穗的眼神中充滿真誠，悟淨露出驚訝的表情。

「如果妳不嫌棄，是我的榮幸。請問是什麼事？」

「在我說之前，請你向我保證，絕對不會告訴別人。因為我信任你，才會和你商量這件事。」

「關於這件事，請不用擔心。因為我持續進行孤獨的旅行，即使我想告訴別人，也沒有人可以說，最多只有人偶而已。」

悟淨說完，攤開手掌，抖動著指尖，好像在活動手指人偶。

水穗稍稍放鬆了臉上的表情，然後慢慢告訴他有關宗彥睡衣鈕釦的事。在她說話時，人偶師注視著她的眼睛，靜靜地傾聽。

「——事情就是這樣。」

水穗盡可能簡短扼要地說明了這件事，卻沒有自信是否把事情表達得夠清楚，但仍然覺得放下了心中的大石，稍微鬆了一口氣。

悟淨聽完之後，不發一語地抱著雙臂看著天花板良久，才探出身體說：「真是耐人尋味啊。」

「我來整理一下。命案發生的當天晚上，妳在二樓走廊的矮櫃上看到那顆鈕釦，但管家說，那顆鈕釦掉在屍體旁，她撿起來之後，丟到後門外。」

「就是你說的這樣。」

「妳在二樓走廊上看到的鈕釦，就是宗彥先生睡衣上的鈕釦，不會有錯吧？」

「對，應該沒有錯。」

「是喔。」

悟淨伸出食指，在自己的眉間輕輕敲打了兩、三次。

「的確很耐人尋味。如果妳看到的鈕釦和管家聲稱在屍體旁撿到的是同一顆，到底該怎麼解釋呢？是有人挪動了鈕釦，還是管家說謊呢？」

「我認為是鈴枝嫂在說謊。」

「我們來按照先後順序推敲一下。」

悟淨的食指仍然放在眉間說道。

「首先，為什麼宗彥先生睡衣上的鈕釦會掉在走廊的矮櫃上？」

「我認為是松崎堂舅掉在那裡的，在扭打時，把姨丈睡衣上的鈕釦扯了下來，可能黏在松崎堂舅的身上，結果就掉在矮櫃上了。」

「矮櫃大約有多高？」

「差不多這麼高。」

水穗把手放在比桌子低十公分的位置，悟淨看了之後，點了點頭。

「矮櫃是用什麼做的？」

「木頭？」

水穗納悶他為什麼會問這個問題。

「矮櫃上有沒有鋪什麼東西？像是桌巾之類的？」

水穗想起矮櫃上放著「少年和小馬」的擺設。

「上面放了人偶，只有人偶下方鋪了一塊布。」

「鈕釦掉落的地方什麼都沒鋪嗎？」

「對，沒有。」

悟淨把食指從眉間移開，用嚴肅的眼神看著水穗。

「我認為掉落在這個高度的矮櫃上的可能性不高，即使松崎先生不小心把鈕釦掉落在上面，掉落時也會發出聲音。如果他聽到聲音，不可能不處理那顆鈕釦。」

「好像有道理……」

「松崎先生應該是在其他地方掉落了鈕釦，比方說，掉在地毯上，有人撿起來後，放在矮櫃上。」

「也有這種可能，所以，撿到鈕釦的人也知道鈴枝嫂在說謊，但那個人為什麼沒有吭氣？」

「先不談這件事，我們繼續討論鈕釦的下落。妳認為那顆鈕釦是怎麼被丟到後門外的？」

「所以……鈴枝嫂看到了鈕釦，就把它丟到後門外了。」

「問題就在這裡。」悟淨用力收起下巴，抬眼看著水穗，「她看到放在二樓矮櫃上的鈕釦，為什麼立刻知道是宗彥先生睡衣上掉下來的？如果是妳，妳會知道嗎？妳看到鈕釦，會記得是誰的衣服上的鈕釦嗎？」

水穗搖了搖頭。

「搞不好連我自己衣服上的，也很難分辨。」

「對不對？這就是耐人尋味的地方。如果掉在屍體旁，知道是屍體睡衣上的鈕釦很正常，但為什麼在完全不同的地方看到鈕釦時，會想到和屍體有關？」

水穗右手按著太陽穴。她覺得有點頭痛。

「要不要直接問鈴枝嫂？」

水穗問，因為她覺得這個方法最直接。

「這不失為一種方法，但我不認為她會說實話。正因為無法說實話，所以才會說謊。」

「那倒是。」

「目前還不知道到底是松崎先生殺了三田小姐，還是兇手另有其人，或是三田小姐自殺，但是，如果另有兇手，這顆鈕釦就會成為非常重要的關鍵。因為兇手完全沒有發現，妳居然知道這件事，兇手日後一定會做出和這個關鍵吻合的行為。」

水穗對自己一個人掌握了如此重大的關鍵感到不安。

「我以後還可以找你商量嗎？」

「隨時都可以，這個時間，我通常都坐在這裡。」

他果然每天都來這家美術館。

兩個人站了起來，沿著參觀方向走向出口。來到戶外時，發現陽光很強烈，水穗忍不住皺起了眉頭。

「雖然我無意懷疑你們家裡的人，但還是請妳多注意其他人的言行。如果有什麼狀況，請妳再和我聯絡，任何瑣碎的事都無妨。我認為這起事件比想像中更複雜，當然，這只是我的直覺。」

「我會努力試看看。」

水穗伸出右手，人偶師一時無法領會她的意思，但很快握住了她的手。

「祝妳成功。」

水穗和悟淨在美術館前道別。

3

水穗回到十字屋時，發現兩張熟悉的面孔坐在客廳。他們是搜查一課的山岸和野上，從他們滿臉愁容來看，案情似乎並沒有太大的進展。

兩名刑警一看到她，立刻站了起來。

「妳剛回來嗎？」山岸問。

「我去美術館散散步，你不知道嗎？」
水穗暗中諷刺不久之前，自己每次外出都會遭到跟蹤這件事。
「不，我們剛來。」
山岸一本正經地回答。遲鈍的人聽不出別人的諷刺。
「今天有什麼事嗎？」
「有兩、三件事想要請教夫人，夫人正在換衣服，所以我們在這裡等她。」
他口中的「夫人」是指靜香。客廳內不見鈴枝的身影，應該也在靜香的房間內。鈴枝嫂之前破壞偵辦的行為遭到了警方嚴重警告，但因為她並無惡意，當天就被放了回來，恢復了正常的生活。
「是嗎？那就請慢坐。」
水穗正打算走上樓梯，山岸叫住了她：
「啊，請等一下，剛好也有事想要請教妳，方便占用妳一點時間嗎？」
水穗一隻腳踩在樓梯上轉過頭。
「什麼事？」
「只是確認一下，」胖刑警打了聲招呼，「妳曾經說在案發當晚的半夜醒來，是嗎？」
「是啊，我說過。」

她看著刑警的眼睛，似乎在問，那又怎麼樣？

「妳醒來後立刻打開窗戶，發現宗彥先生的房間亮著燈，但燈很快就熄了，妳關上了窗戶……」

山岸說到一半，看了一下記事本，然後又繼續說：

「之後，妳上床看書，但實在睡不著，所以就去廚房拿了啤酒。回到房間時，大約三點左右——妳當時是這樣說的，對嗎？」

「對，沒錯。」

「是喔。」

山岸收起記事本，雙手放在腰上，仰望著天花板，輕輕地發出呻吟。

「請問有什麼問題嗎？」

水穗沉不住氣地催促道，山岸看著她說：

「可不可以請妳回想一下，從妳醒來到去拿啤酒，大概經過多久時間？只要大致的時間就好。」

這次輪到水穗把手扠在腰上。他的問題真棘手。

「我沒有自信，差不多三十分鐘到一個小時左右。」

「三十分鐘到一個小時。」

山岸重複了一遍，一旁的野上立刻記錄下來。水穗立刻很後悔自己回答了這個問題。

「我沒有把握，如果叫我在法庭上重複剛才的話，我會拒絕。」

兩名刑警聽了她的話，忍不住相視苦笑起來。水穗覺得遭到了嘲笑，不由地感到不悅。

「我們不會這麼要求，僅作參考而已。」

山岸臉上帶著笑意說道，但隨即一臉正色，「因為有一件事似乎解釋不通。」

「什麼事？」

「松崎交代了一件很奇怪的事。」

松崎——刑警已經對他直呼其名了。

「他說刺殺宗彥先生回到自己房間時，看了一眼時鐘，那時候差不多兩點左右。」

「兩點左右？」

如果宗彥的房間亮燈的時間是在兩點到兩點半期間，代表他那個時候還活著，松崎不可能在兩點以前殺了他。

「妳是不是覺得不可能？」

山岸似乎看透了水穗內心的想法。

「松崎本身也不是很有自信，說可能是自己搞錯了。因為他殺了人，心情很慌張。」

「也可能是我記錯了。」

水穗也坦率地說出了自己的想法。

「是啊，但雙方都沒有記錯的可能性也不是完全等於零，妳只是看到宗彥先生的房間亮著燈，並沒有看到他在房間內。」

「你是說，在房間裡的不是姨丈？」

「只能這麼想了，那到底是誰呢？」

山岸皺起單側的臉，露出曖昧的眼神。

「那我就不知道了。」

「我想也是，我們也不知道。」

水穗再度感到不愉快。山岸似乎在暗示，除了松崎以外，這個家裡還有另一名罪犯。

「只有這件事嗎？」

水穗故意用不悅的聲音問。

「對，沒錯，耽誤妳時間了。」

「那我也有問題要問。」

「什麼問題？」

「命案發生後，你們就要求我們不可以去地下室，現在還不行嗎？」

山岸用指尖抓了抓鼻翼，瞥了野上一眼，然後又看向水穗。

「因為之前聽說你們平時很少去地下室，所以提出這個無理的要求……請問有什麼不方便嗎？」

「因為想把那個房間裡的東西拿出來，就是小丑人偶，我之前不是也曾經說過嗎？」

「喔，原來是那個。」

山岸毫不掩飾不愉快的表情。

「想要這個小丑人偶的人一直在等，我不認為拿走那個人偶會對偵查工作有什麼影響。」

山岸落寞地思考著，隨即很不耐煩地指示野上和總部聯絡。

野上去打電話時，靜香和鈴枝從二樓走了下來。最近很少看到靜香，她的臉色很憔悴。

「調查得怎麼樣了？」

靜香一步一步小心踩著樓梯走下樓。

「夫人，我們正在努力偵辦。」

靜香走到最下方的階梯時，山岸向她伸出手，牽著她走到沙發前。

「是嗎？報紙上說，還有很多沒有解決的疑點。」

「記者的工作就是隨便亂寫，唯恐天下不亂。」

「但三田小姐的命案還沒偵破吧？」

「只是時間早晚的問題。」

山岸看到靜香在沙發上坐下後，肥胖的身體也跟著坐了下來。鈴枝走去廚房，可能去倒茶。

「先不談這些，今天想要請教夫人兩、三個問題。」

說完，他搓著雙手。

「你想問什麼？」

「有關竹宮賴子女士，也就是兩個月前去世的令千金的事。」

靜香聽了，全身有點緊張，一雙沒有聚焦的眼睛緩緩移向刑警的臉。

「想問賴子的什麼事？」

「聽說賴子女士在公司經營方面很積極，完全可以和男性社會抗衡。」

「是啊，因為先夫一直教育她，工作上沒有男女之分。」

靜香稍稍挺起胸膛說。

「請問賴子女士會和誰討論工作和私生活方面的事？當然是除了宗彥先生以外。」

「和誰討論？這我就……」

靜香摸臉頰，微微偏著頭反問山岸：「為什麼要問這個？」

「我剛才說了，只是確認而已。」

刑警鎮定自若地回答。

「我相信您已經聽說了，松崎聲稱看到了留在他房間的信，信上說，他收賄的證據放在櫃子裡，他才會潛入地下室。但他銷毀了那封信，並沒有留下來當作證物。所以，我們猜想這封所謂的信根本是松崎捏造的，他原本就打算殺人，但為了謊稱是正當防衛，才故意這麼說。他聲稱那封信上寫著，賴子女士已經察覺他收賄，我們想要確認這到底是不是事實。如果可以證明賴子女士根本不知道這件事，就可以戳穿松崎的謊言。」

「喔，是這樣……但這個話題真讓人提不起勁啊。」

靜香再度露出陷入沉思的表情。

「會不會找您商量呢？賴子女士是否曾經和您討論過松崎收賄的事？」

「完全沒有，」靜香搖著手，「我對公司的事一無所知。」

山岸點了點頭，似乎表示同意，接著又問：

「所以，還是應該問近藤先生與和花子太太嗎？賴子女士應該經常和他們討論吧？」

聽到他試探的口氣，在一旁的水穗恍然大悟。

山岸並不認為松崎提到的那封信是假的，而是完全相反，他在追查誰寫了那封信。山岸或許認為，寫信的那個人殺了三田理惠子。

「這我就不太清楚了，你要不要直接去問他們？」

靜香回答時，野上終於回來了。他在山岸耳邊說了幾句話，山岸點了幾次頭，看著水穗說：

「剛才已經請示總部，可以把人偶拿出去。」

「謝謝。」

水穗說話時，野上已經走下樓梯，水穗跟著他下樓時，聽到山岸和靜香在身後討論人偶的事。

當她拿著小丑人偶上樓時，山岸從沙發上站了起來，似乎打算離開了。

「打擾了，請多包涵。」

山岸帶著野上離開了，當他們的身影遠離時，靜香嘀咕說：「他好像很希望這個家裡有人是兇手。」

「什麼？」正把小丑人偶放在櫃子上的水穗忍不住回頭。

「自從這個小丑來了之後，家裡就不得安寧，趕快送走吧。」

說完，靜香再度走上樓梯。

（小丑之眼）

我獨自打量著無人的客廳足足有一個小時，老婦人說了我的壞話後就上樓了，那個名叫水穗的年輕女人也很快去了二樓。女管家在廚房，她似乎很勤快，在廚房裡忙了一個小時都沒有出來，不時聽到她在準備晚餐的聲音。

不一會兒，一個長相俊俏的年輕男人出現在我面前。他的腿很長，大步走進了房間。

「你回來了，」管家從廚房探出頭，「最近都很早回家嘛。」

「因為沒心情在學校裡悠哉啊。」

年輕男子盯著我，慢慢走到我面前。

「喔，原來它就是悲劇小丑，為什麼放在這裡？」

「有人想要買這個人偶，水穗小姐在徵求刑警先生的同意後，從地下室拿上來的。」

管家用托盤端著茶走進客廳，茶杯冒著熱氣。年輕男子道謝後，接過了茶杯。

「沒想到那些腦袋像石頭的刑警竟然會同意，事件可望很快解決嗎？」

「也許吧。」

管家垂著眼睛，想要走回廚房，年輕男子叫住了她。

「啊，等一下，鈴枝嫂，我有話想要問妳。」

那名管家似乎叫鈴枝。

「不好意思，可能會讓妳回想起不愉快的事，但我想再瞭解一下當時的情況。」

雖然他嘴上說不好意思，但說話的語氣很輕鬆。鈴枝不悅地皺了皺眉頭，但立刻恢復了好像能劇面具般的漠無表情。

「什麼事？」

「關於頭髮的事。」

「頭髮？」

「對，妳那時候不是說，姨丈的手上握著頭髮，然後妳偷偷丟去馬桶沖掉了嗎？」

年輕男人把茶杯端到嘴邊，一邊喝茶，一邊抬眼看著管家鈴枝。

鈴枝低下了頭，然後又抬了起來。

「是啊，怎麼了嗎？」

「妳當時說，抓著頭髮的是右手吧？」

鈴枝像面具般的臉上稍微有了變化，黑眼珠子微微上下動了一下。

「對，是右手。」

她很小聲地說。

「原來如此，那松崎先生果然在說謊。」

男人像是在自言自語，但顯然是說給管家聽的。

鈴枝聽到他這麼說，忍不住問：「說什麼謊？」

「他說，原本並不打算殺姨丈。」

年輕男人說完，喝完杯子裡的茶。

「松崎先生說，姨丈拿著刀子撲了過來，他為了自我防衛才扭打起來，結果刀子不小心刺中了姨丈的腹部。如果松崎先生所說的話屬實，從頭到尾都是姨丈拿著刀子。姨丈是右撇子，當然是用右手拿刀子。既然已經拿了刀子，妳不覺得不可能再抓住對方的頭髮嗎？」

鈴枝微微偏著頭，撥了撥散落下來的頭髮。

「這我就不太清楚了……」

「我認為很困難，這就代表松崎先生說了謊。」

「……」

鈴枝沒有回答，看著斜下方。

「妳不覺得嗎？」

「……是啊，可能是這樣吧。」

鈴枝挽起毛衣袖子，好像想到什麼似的回頭看著廚房。「還有其他事嗎？」

「沒有了，謝謝妳。」

男人把自己手上的茶杯交給鈴枝。她拿著茶杯消失在廚房。

男人站在原地思考著什麼事，隨即不懷好意地撇了撇嘴角，邁著輕快的步伐上了樓。

接著走進來的是一對夫婦。鈴枝對他們很親切，和剛才對年輕男人的態度大不相同。

「聽說媽精神很不好，雖然公司那裡也很忙，但還是抽空來看她一下。」

那個丈夫拿了一個大紙包交給鈴枝。

「媽在二樓嗎？」

妻子問。管家點了點頭。

「那我們去樓上的房間。」夫妻兩人一起上了樓。

他們離開後一會兒，房間角落的電梯緩緩下了樓，從電梯內出來的就是那個輪椅女子。她叫著鈴枝。

「和花子阿姨他們也要一起吃飯，所以順便也叫了永島先生一起來吃飯。」

「好的，那我會準備。」

「那就拜託了。——啊，還有……」

她叫住了正準備走去廚房的鈴枝。

「妳剛才好像在和青江說話，在說什麼？我好像聽到他提到松崎堂舅。」

「妳聽到了嗎……沒事，一些無聊的事。」

鈴枝擠出不自然的笑容。

「我想聽。」

年輕女人露出嚴肅的神情，鈴枝似乎也不方便繼續隱瞞，小聲地把剛才那個年輕男人——似乎叫青江——問頭髮的事告訴了她。

年輕女人若有所思地偏著頭。

「他為什麼提這件事？」

「不知道，我完全搞不懂青江先生在想什麼……他說話的時候笑嘻嘻的。」

「是喔……反正他這個人就是這樣，不要理他就好，隔一陣子，他就不會繼續玩這種偵探遊戲了。」

輪椅女人又搭電梯上了樓。

接下來安靜了大約半個小時左右，對講機的鈴聲打破了寂靜。鈴枝對著對講機說了一、兩句話，快步走向玄關。

兩、三分鐘後，聽到她和另一個人的腳步聲走了進來。

「大家都在，佳織小姐也在等您。」

鈴枝的聲音很興奮，和對剛才的年輕男人，以及那對夫妻的態度有微妙的差異。

「不好意思，我也一起來吃晚餐，給妳添麻煩了。」

另一個人是男人。兩個人的腳步聲在我身後的樓梯前停了下來，我聽到脫上衣或是大衣的聲音。

「別這麼說，永島先生，您就像是家人。外面很冷吧？您要喝咖啡還是紅茶？」

鈴枝親切地問。這個男人的名字似乎叫永島。

「不，我馬上去二樓，妳不用費心了，請妳繼續準備晚餐吧。」

那個叫永島的男人在我背後說。

「是嗎？那我就去忙了。」

鈴枝的身影進入我的視線。她走去廚房，男人走上樓梯，但他的腳步聲在中途停了下來。

「鈴枝嫂，我有一件事想要問妳。」

那個叫永島的男人在樓梯上方叫著她。他的聲音很嚴肅。走向廚房的鈴枝轉過頭，露出不安的表情。

「什麼事？」

她的聲音也有點緊張。

「有關命案的事。」

永島說，他緩緩走下樓梯。

「鈴枝嫂，妳是不是隱瞞了什麼事？」

鈴枝的喉嚨動了一下，可以感受到她吞著口水。

「隱瞞了什麼事？」

她停頓了一下反問道。

「就是、妳上次說的事情，說去丟掉手套還有其他事的時候。」

永島說話有點吞吞吐吐。雖然不是很清楚，但應該在說宗彥遭到殺害的事。

我從刑警他們的談話中知道，名叫松崎的男人殺了宗彥。

「沒有隱瞞什麼啊，我都照實說了。」

鈴枝有點不高興。

「如果妳沒有隱瞞，那就是可能妳記錯了。可不可以請妳仔細回想一下手套的位置，還有撿到鈕釦的地方……妳是不是哪裡記錯了？」

「沒有啊，你為什麼這麼說？」

「為什麼喔，我目前無法說理由……我想一定是妳記錯了。」

「我沒記錯。呃……我要去準備晚餐了，先去忙了。」

鈴枝微微欠了欠身，逃進了廚房。永島站在樓梯上片刻，發現鈴枝可能不會再走出來，就轉身上了樓梯。

不一會兒，鈴枝從廚房走了出來，似乎在等永島離開。她的臉色很差，雙眼布滿血絲。

這時，有人從對面的樓梯——也就是我正前方的樓梯走了下來。鈴枝看向那個方向，立刻驚訝地微微張開嘴巴。

「您聽到了嗎？」

鈴枝露出極度悲傷的眼神問，站在樓梯上的人沒有出聲，但似乎點了點頭。

「沒想到永島先生會說那種話……不過，沒關係，一切交給我吧。」

鈴枝說完，在身體前握住雙手，彷彿在發誓自己的忠誠。這時，廚房傳來動靜，她默默行了一禮後離開了。

樓梯上的人往下走了兩、三階，我清楚地看到了她。

是那個老婦人。

4

水穗在自己房間內寫信給母親，聽到了輕輕的敲門聲。她拿著筆應了一聲，青江難得露出憂鬱的表情探頭進來。

「晚餐已經準備好了。」他說。

「是嗎?謝謝。」

水穗關了檯燈,在書桌前站了起來。

「在寫信嗎?」

青江看到書桌上的信問道。

「寫給我媽。我想她應該很擔心。」

「向她報告命案的事嗎?」

「談不上是報告,只是寫一些我媽應該想知道的事,我不想讓她擔心。」

水穗和青江一起走出房間時,剛好看到佳織進電梯,永島陪在她身旁。佳織的唇露出靦腆的笑容,他們並沒有發現水穗他們。

青江停下了腳步,所以水穗也沒有繼續往前走。等佳織他們消失在電梯內,青江才終於慢慢踏出第一步。

「那就像出麻疹,」他用沒有起伏的聲音說,「水穗小姐,妳應該也有過這種經驗吧?每個女人都會在某個階段對那種年紀的男人動心。」

水穗有點意外地看著青江的臉。因為她發現他是真心在嫉妒。

走進飯廳後,發現勝之與和花子已經來了,他們坐在靜香的對面。比水穗和青江早來一步的佳織和永島一起坐在靜香旁邊,水穗和青江在他們對面坐了下來。

水穗與和花子協助鈴枝把料理端上桌後，大家開始吃晚餐。

這天大家難得都很多話，勝之特別健談，拚命說著歌舞伎和舞台劇的事給靜香聽。靜香也聽得津津有味，頻頻附和著。

每個人都極力避談命案的事，努力尋找開心的話題，努力激發其他人的笑容。水穗未婚這件事成為和花子他們討論的話題。妳差不多該找男朋友了。妳喜歡哪種類型的男生？千萬不要嫁給澳洲人——水穗也努力回答他們期待的答案，讓晚餐維持愉快和諧的氣氛。

只有坐在水穗旁邊的青江很少說話。他默默地喝湯，吃沙拉，把牛排送進嘴裡，他的刀叉不時不自然地停在半空。他似乎在想什麼事，當思考出現變化時，他的手就會停下來。

「真不像是平時的你。」

水穗忍不住說，他才猛然回過神，露出苦笑。

「因為我有太多事情要思考，沒空說話。」

「你在想什麼？」

「有很多事要想啊。」

青江說著，喝完了葡萄酒。

「偵探遊戲很忙嗎？」

坐在對面的佳織開了口，她用嚴厲的眼神盯著青江。

「你上次不是說，要讓我和水穗姊大吃一驚嗎？那件事怎麼樣了？」

「那件事我會遵守約定，絕對可以。」

青江直視著她，露出了微笑。

「那件事是什麼？」永島也加入了談話。「和這次的事件有關嗎？」

「是關於益智遊戲的事。」青江仍然面帶笑容地說，「但是，如果我的推理正確，一定和這次的事件有關，所以會讓佳織和水穗小姐大吃一驚。」

「我不太瞭解你的意思。」

「這個人本來就有點莫名其妙，」佳織也說，「他說看了我借給他的一本益智遊戲的書有靈感，但如果有什麼想法，明確說出來不就好了嗎？」

「目前還不到公布的階段，因為需要證據或是佐證之類的東西。警方的偵查也一樣，不在場證明、指紋、目擊者——這些不起眼的調查在最後關頭可以發揮重要作用。」

不知道是否不想加入意義不明的談話，永島搖了兩、三次頭，不再多問什麼。佳織也不理青江，這個話題就到此結束了。

正在吃甜點時，客廳的電話響了，鈴枝走去接了電話。大家正在討論永島新開的店。

不一會兒，鈴枝走了回來，在勝之耳邊小聲說了什麼。勝之回答後，鈴枝一邊點頭，一邊回答。勝之的表情越來越凝重。

水穗發現餐桌旁的每個人都將目光集中在他身上，前一刻的笑容早就消失不見了。

「好，我知道了。」

勝之咬著下唇站了起來，走出飯廳。正在吃哈密瓜的大家紛紛停了下來，室內瀰漫著凝重的沉默。

飯廳內可以隱約聽到勝之的聲音，雖然聽不清楚他在說什麼，但只要他的聲音傳來，大家臉上就充滿不安之色。

五分鐘後，他走回飯廳。他的額頭有點紅，臉頰微微抽搐著。

「誰打來的？」靜香問。

「下屬打來的。」勝之坐下時回答，「由他負責和警方聯絡，他通知我說，警方似乎已經知道松崎說的那封信是誰寫的。」

「誰寫的？」和花子問。

勝之吞了口水後回答：「好像是三田理惠子。」

好幾秒的時間，沒有人發出聲音。最先開口的還是勝之。

「還有很多事要確認，目前還無法斷定，但幾乎已經確定是用三田家的那台文字處理機打的。她那台文字處理機可以從色帶判斷打了哪些字，從她抽屜裡找到的色帶，發現上面的確留下了松崎所說內容的文字。」

「這是怎麼一回事？」

靜香巡視著在場的所有人，似乎在徵求大家的意見。

「她為什麼要寫這種信給良則？」

「不知道，但至少知道松崎在這件事上並沒有說謊。」

勝之神情凝重地說，但他的聲音聽起來很從容，似乎對寫這封信的人不是自家人感到鬆了一口氣。

「三田小姐也知道松崎先生收賄的事嗎？」

和花子問自己的丈夫。

「很有可能，因為三田以前跟著賴子董事長做事。」

「既然三田小姐知道，代表宗彥先生也知道吧？」

永島有所顧慮地插了嘴，有幾個人點頭表示同意。

「警方似乎也這麼認為，」勝之用略帶沉重的語氣說道，「同時認為董事長應該也知道三田寫了這封信給松崎。也就是說，讓松崎看了信之後溜去地下室這件事，有可能是董事長親自策劃的。」

「宗彥為什麼要這麼做？」

靜香用責備的語氣問，勝之垂下雙眉，好像自己受到了責備。

「目前還沒有證據，但認為是圈套的說法似乎比較有力。」

「圈套？」

「陷害松崎的圈套。也許董事長發現了他的收賄行為，只是缺乏決定性的證據。所以，就在他房間內放了那封信，觀察他的反應。只要他溜去地下室，就等於他承認有收賄行為。雖然我不想這麼說，但董事長一直覺得松崎很礙事，很可能想要利用這件事把他踢出公司。」

「所以，三田小姐半夜來家裡也是預先安排好的嗎？」

和花子問。

「應該是。警方認為，她可能來確認計畫有沒有成功，但她走去地下室後，等待她的卻是董事長遇刺的屍體。」

勝之說到這裡，乾咳了一下，似乎對自己使用了老套的表達方式感到難為情，然後靜靜地繼續說道：

「因為太受打擊，所以就從屍體上拔出刀子自殺了。」

「自殺？她那種人會自殺？」

和花子尖聲叫道，似乎認為不可能有這種事。

「不可能。」

佳織也反駁道。她的發言比其他人更引起注目。

「她根本不是真心喜歡爸爸。」

「但目前這是最有力的說法。」

勝之似乎在安撫她的情緒。

「而且，我個人也希望是這樣。如果松崎說謊，三田又不是自殺的話，又要繼續憂鬱下去了。」

他似乎在說，一旦這樣，就不得不又懷疑自家人了。

「而且，還有動機的問題。」

青江把最後一口哈密瓜送進嘴裡說道。只有他沒有停止吃哈密瓜。

「我是說殺害三田小姐的動機，她死了，沒有人能夠得到好處。」

「我恨她啊。」

佳織正視著他，語氣堅定地說。

「我恨不得殺了她，媽媽也是被她害死的。」

說完，她低下了頭，似乎對自己脫口說了這些話感到羞恥。

青江嘆了一口氣，微閉著眼睛笑了起來。

「我真是拿妳沒辦法。之前我暗示兇手可能是自家人，妳用嚴厲的眼神責備我。」

「我覺得……松崎堂舅說的話並不是命案的全貌。」
「我認為他並沒有說謊。」
「好了，別爭了，這些沒有根據的話，爭了也沒有意義。」
勝之插嘴為他們解圍，「總之，現在等警方的結論，這樣最確實。」
「是啊，我們在這裡爭論也沒用。」
靜香站了起來，她的聲音中有一種刻意的開朗，顯然她努力讓自己顯得有精神。
「和花子、勝之，你們等一下可以來我房間嗎？我有事要和你們商量。」
「好。」勝之回答。
靜香離席後，其他人也紛紛站了起來，永島起身推著佳織的輪椅走向客廳。
就在這時，青江唐突地開了口。
「松崎先生並沒有說謊。」
這句話讓所有人的動作都靜止了，也許是因為他的聲音聽起來比平時更沉重。
「青江，你有完沒完啊！」
水穗責備道，覺得這不像他的作風，和平時的態度有點不一樣。
「需要有人扮演這樣的角色。」
青江看著水穗笑了笑，他的笑容很不自然，然後又重複了一次：

「松崎先生並沒有說謊，只是有一個可能，松崎先生在無意識下說了謊。」

所有人都僵在那裡，靜香最先採取了行動。她打了一個大呵欠，似乎在抹殺青江說的話。

「和花子，」她叫著女兒的名字，「那我去房間等妳。」

「好。」相較於靜香自然的語氣，和花子的聲音有點緊張。

靜香走出飯廳後，永島也推著輪椅離開了，勝之與和花子也跟著離開。大家一個接著一個散去，好像根本沒聽到青江說的話。鈴枝也一如往常地開始收拾，只有雙眼滲著血絲的青江好像斷了發條的人偶般呆立在那裡。

水穗也走出飯廳，只留下青江一個人。

那天晚上，和之前命案發生時一樣，永島、勝之與和花子都在十字屋內留宿。他們喝著葡萄酒聊天，聽佳織拉小提琴到深夜。水穗雖然鋼琴彈得不好，但也彈奏了幾曲。以前賴子經常彈奏這架放在客廳角落的平台鋼琴，不知道是否回想起往事，佳織聽得熱淚盈眶。

勝之與和花子去靜香的房間大約一個小時左右，聽說是商量這棟房子的事。賴子和宗彥都死了，靜香希望把之後的事交給他們夫婦處理。勝之回答說，要回去考慮一下。

青江一直在自己房間內。水穗在陪佳織和其他人聊天說話時，也一直惦記著他。他剛才在飯廳說的話一直縈繞在耳邊，那句話到底是什麼意思？

而且，其他人毫不在意青江的事也令她感到不滿，她甚至覺得大家在故意無視他。

十字屋的夜漸深，籠罩在一片扭曲的氣氛中。

5

靜香和勝之夫婦回房間後，青江才在客廳出現。鈴枝也已經回房間了，只有水穗、佳織和永島還留在客廳，永島正準備帶佳織回二樓。

「你們還沒睡嗎？」

樓梯上方傳來聲音，水穗拿著裝了兌水酒的酒杯抬起了頭。青江正緩緩走下樓梯。

「你剛才在幹什麼？」佳織問。

「沒幹什麼，稍微休息一下。——水穗小姐，也給我一杯威士忌。」

水穗把冰塊加入乾淨的杯子，把蘇格蘭威士忌倒進杯子。他接過酒杯，站在小丑人偶前。

「悲劇小丑……嗎？這個人偶什麼時候處理？」

「這幾天吧。」水穗回答，「如果快的話，可能明天就會送走。」

「是喔……因為感覺很可怕，所以還是趕快處理。」

「我討厭這個人偶。」佳織咬牙切齒地說，「它真的會帶來悲劇，它的臉也很可怕……所以我媽才會把它丟在地上。」

「丟在地上？」

水穗正準備把杯子舉向嘴邊，停下了手，「把人偶丟在地上嗎？」

「對啊，我媽衝上樓梯，從陽台上跳下去之前，抓著它丟在地上，所以它就躺在那裡。」

「是喔……」

水穗不由地思考賴子為什麼這麼做。這個人偶的確很可怕，但聽說當初是賴子中意才買下的。

「不過換一個角度來想，又有點捨不得轉賣這個人偶。」

佳織深有感慨地說。

「因為這是我媽最後觸碰的東西，照理說，應該留下來當作紀念。」

其他三個人聽了，一時說不出話。原來她內心失去母親的傷痛還沒有完全消失，即使在宗彥和三田遭到殺害後，這件事仍然在她心中占據很大的比重。

「我說了無聊的話，」佳織聳了聳肩，「一定是因為喝了酒的關係。永島先生，我們走吧。」

永島默默點頭，推著她的輪椅走進電梯，然後轉頭看著水穗和青江，說了聲：

「晚安。」水穗也向他們道了晚安。

兩個人離去後，青江在水穗身旁坐了下來，水穗覺得他看起來極度疲憊。

「晚餐之後你不在，似乎還在繼續想事情。」

水穗對他說。

「是啊，一些無聊的事。」

他蹺著腿，搖了搖杯子，冰塊碰到杯子，發出哐哐的聲音。

「吃飯的時候，你說了讓人在意的話。」

「讓人在意的話？」

「你說松崎先生可能無意說謊，但可能在無意識下說了謊。」

青江看著水穗的臉，抓了抓後腦勺，他把威士忌的杯子放在杯墊上。

「我說的話，妳倒是記得很清楚，我還以為完全被忽略了，還是說，有什麼特別的理由，妳才會這麼在意？」

「別開玩笑了。」水穗靜靜地說，「我想知道你為什麼這麼說？你應該有什麼想法吧？」

也許從水穗的眼神中感受到她的認真，青江也露出嚴肅的表情，然後慌忙喝了一口威士忌掩飾。

「水穗小姐，妳……對這次的命案有什麼看法？」

他說話有點吞吞吐吐，不像他平時的作風。

「什麼看法？」水穗問。

「自從松崎先生遭到逮捕後，我一直很在意一件事。那就是松崎先生到底有沒有辦法殺死宗彥姨丈。」

「有沒有辦法……你是說心理層面嗎？」

「心理層面也是問題，但體力上有更大的問題。宗彥姨丈的身材並不算壯碩，但松崎先生更矮更胖，而且動作很遲鈍。即使再怎麼不小心，手拿刀子攻擊他人的人反而被殺的可能性實在太小了。」

「俗話說，老鼠被逼急了，也會反過來咬貓。」

青江聽了水穗的話，哈哈大笑起來。

「松崎先生可能真的膽小如鼠，只不過其實老鼠被逼急了會很粗暴，但松崎先生是徹頭徹尾的膽小。」

「但是，松崎堂舅的確殺了姨丈，他自己也承認了。」

「只是他自己這麼說而已。」

「這麼說而已？」

水穗皺著眉頭，然後張著嘴，點了兩、三次頭。「原來你剛才就是在說這件事。也就是說，松崎表舅其實並沒有殺死姨丈，但他說了謊？太荒唐了，他為什麼要說這種謊？」

「所以我不是說了嗎？」他刻意放慢了說話的速度，「松崎先生無意說謊，只是在無意識下說了謊。」

「所以……」

水穗看著青江。他單手拿著酒杯，用力點了點頭，杯中的液體也隨著他的動作搖晃著。

「松崎先生說他殺了宗彥姨丈，但也許只是他這麼認為而已——這是我的猜想。」

「姨丈那時候沒死嗎？」

「沒錯。」

「但是，松崎堂舅說……」

「可能只是假裝被殺死而已。」

青江輕鬆地說，好像只是在閒聊。水穗聽了，一時說不出話，他很滿意地點了點頭繼續說道。

「松崎先生並沒有提到他曾經上前把脈，或是確認是否有呼吸，看到宗彥姨丈倒地後，就不顧一切地逃走了。也就是說，無法排除宗彥姨丈假裝遇刺身亡的可能性。這麼一來，也可以解釋音響室內為什麼一片漆黑了。」

「等一下，松崎堂舅說的那封信是三田理惠子小姐寫的，所以說，可能是姨丈故意把松崎堂舅引到地下室，故意和他扭打，然後假裝遇刺身亡嗎？姨丈為什麼要這麼做？」

聽到水穗的發問，青江把視線移到一旁，喝著威士忌。

「問題就在這裡，」他說，「我認為這起命案可能比我們想像中更複雜，如果說，妳剛才說的內容是舞台劇的第一幕，之後還有第二幕、第三幕。也許我們所看到的大部分情況，都是經過巧妙安排的戲。」

「關於第二幕以後的情況，你已經大致有譜了？」

水穗凝視著他的臉，試圖解讀他的表情變化，可以感受到他聽到這句話後，立刻屏住了呼吸。

他把手伸進頭髮，抓了抓頭，深深地嘆了一口氣，雙腳換了一個姿勢。

「雖然還沒有到無懈可擊的程度，但已經大致掌握了整體的輪廓，沒想到意外的演員扮演了意外的角色。」

「如果姨丈不是松崎堂舅殺的，就另有真兇吧？而且這個人也殺了三田小姐。你知道那個兇手是誰嗎？」

「不能說我已經知道了，因為全都是我的想像，只要掌握任何一個物證，我就打算直接問當事人。」

「你不可能告訴我吧？」

「是啊，不可以告訴妳，」青江微微笑了笑，「因為目前無法證明我可以信任妳，就好像妳也並沒有完全信任我一樣。」

「原來如此。」

水穗看著自己手上的杯子，把留在杯底被冰塊稀釋的酒喝完了。可能因為緊張的關係感到口渴，冰涼的感覺有點刺激。

「剛才佳織說的話很有意思。」青江用拿著杯子的手指了指櫃子上的小丑，「她說阿姨臨死前，把這個人偶丟在地上。」

「對啊，好像是這樣。」

聽到水穗的回答，他嘆了一口氣。

「阿姨對工作很嚴格，在家的時候是一個溫厚的女人。雖然她並不喜歡我，但還是對我很好。」

他露出凝重的表情，水穗感到有點意外。難道他也為賴子的死感到難過嗎？

「所以，我完全無法相信阿姨用那種方式結束生命。」

他幽幽地說。

水穗沒有答腔，他應該不願意說出內心的想法，所以不發一語地站了起來。
「我先去睡覺了。」

她走向樓梯，青江沒有回答，反而問她：
「現在這個人偶裝在玻璃盒內，那時候卻沒有吧？」
水穗一隻腳站在樓梯上轉過頭。
「對，放在二樓時，好像沒有裝玻璃盒，但是，這件事怎麼了嗎？」
「是喔。」青江拿著酒杯走向人偶，「真有意思，最後碰到的東西……喔。」
「怎麼了？」
水穗又問了一次，青江似乎不想回答。水穗輕輕攤了攤手，走上了樓梯。
但是，她立刻停下腳步，看向樓上。樓上的挑高空間似乎有人影動了一下。
她躡手躡腳地走上樓梯，但已經看不到人影了。
——真奇怪。
水穗偏著頭。
青江仍然在樓下打量著人偶。

（小丑之眼）

「真有意思。」

那個名叫青江的年輕男人小聲嘀咕著向我走來，他的雙眼發出異樣的光芒。名叫水穗的女生對他說話，他似乎也沒有聽到。

青江喝了一口酒，把酒杯放在旁邊，小心翼翼地拿起了我腳下的座台，他帶著酒臭的氣息吐在我的臉上。

他把我放在桌子上，拿起了裝了酒的杯子，從頭到腳仔細觀察我的全身。我完全不知道他對我的哪裡產生了興趣。

但是，我知道他的興趣和那個跳樓的女人把我丟在地上這件事有關。雖然我當時也完全搞不清楚狀況，只是突然感受到強烈的衝擊後掉在地上。原來是那個女人把我丟在地上——

不一會兒，他的視線停在我的身體上，他把臉湊得很近，凝視著我的身體。那真的就是凝視，我甚至陷入一種錯覺，覺得他盯著看的部分微微發燙。

青江把臉收回去後，心滿意足地頻頻點頭。他的雙眼比剛才更亮了。

不一會兒，他撇著嘴唇，做出奇怪的形狀，身體不規則地搖晃起來。我正在納悶，發現他的嘴裡發出呵呵的聲音。原來他強忍著笑。

我當然不可能知道他在笑什麼。

不過——

我太大意了，居然沒有識破那麼簡單的玄機。

那個名叫青江的男人說的話完全正確，宗彥並不是死在那個叫松崎的男人手上，我看到那一幕殺害場景時，宗彥還沒有遭到殺害。

連我也上當了。

今天晚上，我第一次發現這件事。

第五章　散步道

1

翌日上午，水穗推著佳織的輪椅在十字屋附近散步。屋後是一個小山丘，那裡有好幾條簡單地鋪了柏油的散步道，穿過那條路，就可以去鄰町。搭電車去市中心時，走這條路可以少搭一站，聽說青江經常走這條路。

「昨天晚上，我讓永島先生傷腦筋了。」

佳織的目光追隨著小鳥的身影，噗哧一聲笑了起來。

「讓他傷腦筋？」

「因為我故意找他麻煩，說我這種人根本沒有未來。」

「為什麼說這種話？」

「因為永島先生問了奇怪的問題，他問我以後想要做什麼。」

「這很奇怪嗎？」

「我知道並不奇怪，他這麼問是想要表達他並不認為我和其他人有什麼不一樣。以前遇到這種情況時，我都會像優等生一樣回答，想當繪本作家，想做翻譯工作，大家聽了就會露出安心的表情。但是，我昨天沒有這種心情，所以就說，我能夠做什麼？我這種身體，什麼都做不了——說著說著，就越來越傷心，忍不住抽抽答答地哭了起來。」

水穗可以想像永島為難的表情。

佳織露出搗蛋的孩子被人逮到時的尷尬笑容。

「但其實我並沒有那麼傷心，因為只要我願意，無論想做什麼都可以，我知道我可以，所以，我忍不住問自己，到底為什麼哭，最後得出了結論——我在向永島先生撒嬌。」

「佳織，」水穗在輪椅後方叫著她的名字，「妳對青江有什麼看法？我覺得他應該是真心喜歡妳。」

佳織沒有立刻回答，她哼著歌，撥著頭髮，伸手摸著路旁的花草。水穗以為她不想回答。

「水穗姊，」佳織隔了很久才開了口，「妳為什麼覺得會有這種事？男人怎麼可能愛我？任何男人都會喜歡能夠像兔子一樣蹦蹦跳的女生，怎麼可能喜歡兩條腿瘦得像乾樹枝，而且無法走動的女生呢？這種事，我很早以前就知道了。」

「我覺得不是妳想的這樣。」

「當然就是這樣。」佳織用力搖著頭，「夠了，別說這些了。我累了，水穗姊，我們回家吧。」

水穗覺得說什麼都沒用，默默推著輪椅往回走。

吃完午餐，水穗獨自出門去美術館。和之前一樣，美術館正在舉辦玻璃工藝展，參觀的客人比上次更少了。

悟淨坐在那個休息區，坐在他的固定座位上看著窗外。不，他並不是單純看著窗外而已，桌上攤著素描簿，他應該正在寫生。

水穗走過去，他仍然沒有察覺，繼續用鉛筆寫生。「午安。」她打了一聲招呼，悟淨的視線才終於移向她。

「喔，妳好啊。」

他很開心地說，但有點心不在焉。他立刻又把視線移向窗外，呆然地看了好一會兒。幾秒鐘後，他才開始收起素描簿。

「你在畫什麼？」

水穗坐下來看著窗外，可以看到一片松林和前方的綠色空地，空地上丟了一輛生鏽的腳踏車。

「這個。」

悟淨在水穗面前打開素描簿，上面畫了一個雙馬尾少女人偶。一雙大眼睛很深邃，難以想像是素描畫出來的。

「你看著風景畫人偶圖？」

水穗驚訝地問，悟淨若無其事地笑了笑。

「我想把適合這片景象的少女做成人偶，但並不如想像中那麼容易。」

他嘩啦嘩啦地翻著前面的畫頁，好幾頁都畫了同一個少女的身影。水穗忍不住發出感嘆的聲音。

「今天有什麼事嗎？」

他闔起素描簿問。

水穗告訴他，小丑人偶已經準備好，隨時可以把它帶走。他露出既高興，又鬆了一口氣的表情。

「那我什麼時候方便去府上呢？」

「如果方便，現在馬上去也無妨，我外祖母也這麼說。」

「那就這麼辦，我也希望越快越好。」

於是，兩個人立刻走出美術館。

「這代表警方覺得破案有望嗎？」

前往十字屋的途中，悟淨問水穗。

「我不太清楚……」

水穗猶豫了一下，把勝之昨天說的話告訴了悟淨，他也大吃一驚。

「那封信是三田小姐寫的——的確太令人意外了。」

「警方認為姨丈也知道這件事，想要設計松崎堂舅。」

「原來如此，計畫非但沒有成功，宗彥先生反而被殺了。」

「沒錯。」

水穗也把警方研判三田理惠子可能是自殺的推論也告訴了他，他只是「喔」了一聲。

來到豪宅後，水穗帶悟淨來到客廳，請鈴枝去把靜香請下來。悟淨興致勃勃地欣賞著室內的裝飾。

「人偶還在地下室嗎？」他問。

「不，就在……」

水穗正打算指向櫃子上，手卻在中途停了下來。今天早上還在那裡的小丑竟然消失了。

「奇怪了，怎麼會這樣？」

水穗忍不住在室內張望，這時，鈴枝剛好下了樓。水穗問她知不知道人偶去了哪裡。

「人偶被青江先生剛才拿走了。」鈴枝回答。

「青江？為什麼？」

「不知道……」鈴枝偏著頭說，「他把人偶裝進行李袋裡，我也問他要幹什麼。他回答說，要帶去大學，今天晚上會帶回來。」

「他什麼時候走的？」

「就是剛才，」鈴枝看了一眼牆上的骨董時鐘，時針指向兩點二十五分，「五分鐘前而已。」

「但我們在路上沒有遇到他。」

悟淨在一旁插嘴說。

「青江通常都從屋後的散步道走去隔壁車站搭電車，現在馬上去追，搞不好還可以追上他。」

「那我們去追追看，」悟淨立刻說，「我很想知道他為什麼要把人偶帶走。」

「好吧。」

水穗抓起大衣，回頭對鈴枝說：

「青江還有沒有說什麼？」

「嗯，他好像說……越來越有趣了。他出門之前，曾經打過電話。」

鈴枝摸著臉，偏著頭說。

「電話……越來越有趣了——」

「走吧。」

在悟淨的催促下，水穗快步走向玄關。

（小丑之眼）

「越來越有趣了。」

雖然青江這麼說，但他臉上的表情完全看不到一絲有趣，反而因為緊張而繃著臉。他帶著緊張的神情把我從櫃子上拿下來，小心翼翼地用浴巾包了起來。我的視野完全被擋住了。

他把我用浴巾包起來後，塞進了很狹小的地方。我聽到拉鍊的聲音，可能是行李袋之類的吧。

不一會兒，我感覺身體懸在半空中，接著前後左右搖晃起來。青江似乎把我塞進包裡出門了。

「晚上之前會回來。」

我聽到他不知道對誰說這句話，八成是那個管家。

他穿上鞋子後，又聽到了關門聲。青江走出門了。

之後，他拎著裝了我的行李袋走在路上，除了偶爾換手以外，他的腳步很穩，維持相同的節奏。他走的路上似乎沒什麼人，幾乎聽不到任何噪音，但不時可以聽到小鳥的啼叫聲，令我有點意外。

不知道過了多久，青江突然停下腳步。因為太突如其來了，我在行李袋內重重地撞到了頭。

行李袋沒有動靜。他似乎停了下來，然後似乎把行李袋放在地上。

就在這時——

響起一個巨大的、發悶的聲音。沉悶的聲音聽起來很不妙。同時響起一個好像野獸在嘔吐般的短促聲音。

那個不妙的聲音又持續了兩、三次，那個聲音停頓的時候，我聽到急促的呼吸聲。即使在一切安靜下來之後，急促的呼吸聲仍然響了好一陣子。

之後，行李袋被人用力打開了。

2

青江的屍體倒在離散步道入口四百公尺的地方。他好像在歡呼般高舉雙手趴在地上。

水穗和悟淨發現了屍體。他們離開豪宅後，來到散步道追青江，沒想到等待他們的卻是慘劇的痕跡。

水穗向來對自己的意志力很有自信，但親眼看到青江的屍體時，她還是感到極度不舒服，好像胃裡的東西都擠到喉嚨口。青江的後腦勺破了一個大洞，流出大量深紅色的鮮血，鮮血黏在他鬈曲的頭髮上，傷口附近的頭皮好像舊抹布般破碎。

必須有人回家報警。水穗主動要求由她回家跑一趟，因為她無法獨自留在現場。

水穗回到十字屋時，客廳裡只有鈴枝。水穗一口氣告訴了她散步道上發生的情況，鈴枝驚訝地衝上樓梯。在她向靜香和其他人報告這件事時，水穗打電話報了警。

十分鐘後，山岸率領其他刑警趕到了。

水穗和悟淨坐上警車去了分局，在彌漫著煙味和熱氣的房間角落，分別向刑警說明了案發當時的情況。坐在水穗對面的是之前就認識的山岸。

「該怎麼說呢——」

山岸用原子筆的筆尾抓著耳朵後方，「這種心境真難形容，既不能說是懊惱，也不能說是窩囊。」

「你是說被兇手擺了一道的感覺嗎？」
「被兇手擺了一道嗎？」
山岸挑起單側眉毛，嘟出了下唇。
「的確是被兇手擺了一道，我不知道除此以外還能怎麼說。」
「你認為是真兇幹的嗎？」
水穗暗指除了松崎以外的兇手，山岸當然也知道她的意思。
「雖然無法很有自信地說這句話。」
他彎著虎背，向水穗的方向探出身體，「大部分人認為竹宮家的命案和這次的命案無關，我也希望可以這麼想。不瞞妳說，之前的案子已經幾乎可以結案了。」
「當作是三田小姐寫了那封信嗎？」
「妳知道得真清楚。沒錯，這麼一來，就有人認為三田小姐可能是自殺。推測當初是她提出了設計松崎的圈套，宗彥先生因為這個計畫遭到殺害，她嚇得六神無主，所以就自殺了。」
「聽起來很牽強。」水穗說。
「的確很牽強。」山岸也承認。
「但是，目前的階段找不到其他合理的說法。一方面已經抓到了松崎，搜查總部想要趕快結束這個案子。雖然我和其他幾個人持反對意見，卻不知道該如何反駁。」

「青江遇害可以成為你反駁的理由吧？」

水穗話中帶著諷刺。

「總而言之，辦案不可以先入為主。」

山岸打開記事本，用原子筆咚咚地敲著。

「那我就開始發問了。」

山岸要求水穗詳細說明發現屍體的經過，也就無可避免地提到了悟淨的事，但水穗沒有提及和他討論命案的事。因為她覺得說出來只會讓事情變得更複雜。

「有幾件事我難以理解，」山岸眉頭深鎖，「其中最費解的就是那個人偶的事。青江先生為什麼要帶人偶出門？」

水穗聳了聳肩，對他搖著頭。

「完全搞不懂。」

「青江先生有沒有和妳聊過那個人偶的事……」

「並沒有聊過什麼重要的事……」

水穗說到這裡，腦海中浮現出一個畫面。她想起昨晚曾經和青江在客廳聊天。

「怎麼了？」

山岸敏銳地捕捉到她的表情變化。

水穗遲疑了一下，最後還是說出了昨晚和青江曾經討論命案的事。

「喔，你們討論了命案的事，談了些什麼？」

「青江和警方有不同的意見。」

水穗把青江昨天提到的假設告訴了山岸——宗彥並不是被松崎殺害，當時只是假裝被殺而已。

山岸的眼神和之前不一樣了，似乎對這個假設很有興趣。

「很有趣的假設。」他發自內心地感到佩服，「青江先生為什麼會這麼想？」

「不知道，他並沒有告訴我進一步的情況，但他又突然提起我阿姨自殺時的事。他似乎很在意阿姨在自殺前，把小丑人偶丟在地上這件事。」

「賴子夫人自殺的事嗎？」

山岸皺起了臉，似乎聽到了很意外的事。他好像能夠理解青江提出的假設，但在這件事上和水穗一樣，完全不瞭解青江的想法。

山岸停頓了一下問：

「有沒有人聽到你們當時的談話？」

他似乎想要換個角度思考。

「客廳裡只有我們兩個人。」

水穗說完之後，想起好像看到有人在樓梯上方，難道當時有人在偷聽嗎？

「實在難以理解青江先生的意圖。」

山岸的表情有點痛苦。

「昨天我們去府上時，第一次把人偶移到客廳吧？」

「是啊。」

「有沒有提到什麼關於人偶的重要事？」

「不，他什麼都沒說。」

「是嗎？」山岸失望地皺起眉頭。

「但是，青江先生的推論是很重要的收穫，我也會朝這個方向重新思考。」

山岸似乎在激勵自己。

看到山岸似乎問得差不多了，水穗決定主動發問。她先問了青江的死因。

「是這裡。」山岸拍了拍自己的後腦勺，「後腦勺遭到連續毆打，兇器是金屬球棒。」

「球棒？」

「球棒丟在距離屍體十公尺左右的地方，似乎是從附近的垃圾站撿來的，上面很髒，還有龜裂。雖然我們會調查球棒從哪裡來，但恐怕不會有太大的幫助。」

「從後方攻擊嗎？」水穗問。

「是啊。應該是青江先生走路時突然遭到攻擊。」
「青江沒有發現嗎？」
水穗知道青江不是這種毫無警覺性的人。
「他可能正在想什麼事。」
山岸似乎對這件事並不是很在意。
「有沒有什麼東西被搶？」
「皮夾裡的現金被拿走了。」
「現金？」
「對，只拿走了現金，皮夾丟在球棒旁。」
「是喔……」
水穗猜想兇手想偽裝成為了錢財的隨機殺人。
「那個人偶呢？有沒有什麼異狀？」
「沒有，似乎也沒有人動過，目前甚至不知道人偶到底和青江先生被殺有沒有關係。」
山岸滿面愁容。
結束之後，水穗和在其他地方接受刑警問案的悟淨一起離開了警局。刑警主要向悟淨打聽了人偶的事。

「我說了那個人偶的魔咒，很詳細地說明了，但他們並沒有認真記錄，好像拚命忍著呵欠。」

水穗並不感到意外，因為刑警都是現實主義者。

「他們想知道的應該不是這方面的事，而是想知道為什麼那個人偶會在竹宮家，青江先生到底對人偶的哪個部分產生了興趣之類的事。」

「對於這個問題，你是怎麼回答的？」

「我回答說不清楚。因為我的確不知道，所以也沒辦法，於是，他們就很無聊地摸鬍子、拔鼻毛，顯得很不高興，好像我不知道是我的錯一樣。」

雖然悟淨這麼說，但他的語氣似乎覺得刑警的態度很有趣。他這個人真的很奇特。

「妳被問了哪些問題？」

悟淨說完自己的事，轉而向水穗打聽。水穗盡可能正確地重現了和山岸之間的對話。悟淨仔細聽著她說的每一句話，但說到青江昨晚的推理時，他表現出極大的興趣。

「他的想法太出色了，」人偶師雙眼發亮，「宗彥先生那時候還沒死——太大膽的假設了，而且完全有可能。」

「青江對於之後的事似乎也有想法，只是不肯告訴我。」

「之後的事嗎？」

悟淨一邊走，一邊抱起手臂，一隻手抵著下巴。

「也許他就是因為知道之後的事才會慘遭殺害。對了，青江先生對小丑人偶有沒有說什麼？」

「關於這件事……」

水穗把青江昨晚說的話也告訴了悟淨。他說沒想到賴子會用這種方式結束生命，以及對佳織提到賴子把人偶丟在地上的事產生了興趣。

「是喔，原來佳織小姐這麼說。」

人偶師偏著頭。

水穗請悟淨去竹宮家喝杯茶休息一下，他回答說：「我很樂意。而且，我也有事想要請教妳。」

「有事要問我？」

聽到水穗的反問，悟淨只說了一句：「各方面的事。」

勝之、和花子夫婦和永島也來了，除了他們以外，還有好幾名刑警進進出出，似乎在調查青江的房間。

水穗首先向大家介紹了悟淨。靜香和佳織之前就認識他，但勝之和其他人都一臉訝異地打量著他。

勝之和其他人接到警方的通知，得知了青江遇害的事，所以急忙趕來這裡。

「刑警上門並不是為了通知青江遇害。」勝之一口接著一口抽著菸，滿臉不悅地說：「是來調查大家的不在場證明。下午兩點到三點——很不巧，我剛才來過這裡。我從公司來這裡後，載和花子一起回家。我一點左右離開公司，到家時快三點。」

昨晚，勝之夫婦也住在這裡，今天公司休息，但他有點事，所以一早去公司處理。從他剛才這番話來看，他離開公司後，順便來這裡載和花子回家。

「你是怎麼對警方說的？」靜香問。

「嗯，但我有不在場證明。我回到家時，和鄰居太太打了招呼，她清楚記得當時的時間。我是兩點二十分離開這裡，中途沒時間去其他地方。」

勝之深深抽了一口菸，皺著眉頭吐出了煙。

「真是太莫名其妙了，雖然之前這裡發生了命案，但不能把隨機殺人的案子也懷疑到我們頭上。」

「隨機殺人？」靜香問。

「當然是隨機殺人啊。」他重複了一遍，「那一帶很危險，雖然之前沒有人報警，但聽說不時有變態出現。」

水穗聽他說話時想，如果真的是隨機殺人就好了。她回想著自己的不在場證明，發現在看到屍體之前，自己一直和悟淨在一起，山岸應該知道這件事，所以完全沒有問她的不在場證明。

「青江完全沒有親戚嗎？」

和花子看著靜香問。

「沒有。因為他是孤兒，所以妳爸才會收留他。」

「原來他舉目無親，那只能由我們為他舉辦葬禮了。」勝之說。

「是啊，我也這麼打算。」靜香回答。

不知道是否因為提到了葬禮，氣氛頓時灰暗起來，感覺好像太陽突然躲進了雲層。也許是大家終於對青江的死有了真實感。

「他雖然有點古怪，但這個年輕人很可憐。」

勝之把菸蒂在菸灰缸裡捺熄後，有點矯情地說，但沒有人回答。

不一會兒，幾名刑警下了樓，說打算從青江的房間帶走幾樣東西。因為沒有人吭氣，那名瘦刑警露出尷尬的表情。

「好，請便。」靜香代表眾人回答，「請問你們打算帶走什麼？」

「沒有沖洗出來的照片和研究報告之類的。」

刑警回答。這些東西似乎和這起命案沒有太大的關係，但他們還是帶走這些東西，顯然青江的房間裡沒有什麼線索。

刑警的行為讓水穗想起一件事。青江之前曾經提到，宗彥那本有關益智遊戲的書很有趣。

——不知道有沒有被警方帶走？

水穗很希望可以自己調查這件事。

幾名刑警離開後，勝之與和花子也站了起來。勝之對靜香說，明天會再來，回去之後會考慮葬禮的事。

「我也有點累了，先上樓休息了。」

靜香吩咐鈴枝，說她不想用餐了，直接走去了二樓。

於是只剩下水穗、佳織和永島，還有悟淨四個人。

「我也是啊，」佳織幽幽地開了口，大家的視線都集中在她的嘴上，「還問了我的不在場證明。他們到底在想什麼啊？」

她一隻手捂著臉，微微搖著頭。

「不，這不是懷疑妳，而是為了掌握相關人員的位置關係。」

悟淨用冷靜的口吻說道。

「佳織，妳今天都在自己房間嗎？」

水穗假裝隨口問道。

「兩點半之前，我都在聽 FM 廣播的音樂，之後永島先生來幫我剪頭髮，之前都在外婆房間吧？」

「是啊，但中間曾經離開過。」

聽到佳織的問話，永島不置可否地點了點頭，站了起來。

「他們當然也問了我。我先去夫人的房間，然後又去了佳織的房間，完全沒在意時間。警察凡事都需要正確的數字，真是傷腦筋。」

「大部分人都這樣啊，」佳織看著水穗，似乎在徵求她的同意，「誰會記得幾點幾分吃飯，幾點幾分去上廁所這種事。」

「希望警方能夠接受。」永島露出疲憊的笑容，「我也差不多該告辭了。」

佳織想要去送他，但他伸手制止，說不需要送他。

「我有幾個問題，不知道是否方便請教妳。」

永島離開後，悟淨走到佳織身旁。

「什麼事？」

「妳母親去世時的事。」

佳織不耐煩地輕輕閉上眼睛，緩緩搖著頭。

「今天沒有心情談這些事。」

「我想也是。」

人偶師緩緩眨了眨眼，點著頭，「但無論如何想請妳回答一下，也許和這一連串的事件有關聯。」

佳織不知所措地看著水穗。她也許對毫無關係的人偶師突然好像偵探一樣說話感到納悶。

「我無法解釋清楚，」水穗搓著手，注視著佳織的眼睛說：「關於這次的事，我向他請教了不少意見。他指出了很多當事者反而看不清楚的問題，我覺得他值得信賴，所以，能不能請妳回答他的問題？」

佳織垂下眼睛，沉默片刻後，抬頭看著悟淨。

「你想問什麼？」

「首先是當時的狀況，請妳盡可能詳細回憶一下。」

佳織又瞥了水穗一眼，用力深呼吸。

「那天只有我和父母在家，鈴枝嫂陪外婆去看戲了，青江去了學校。」

她淡淡地說起了那天的事。她和宗彥在房間時聽到叫聲，宗彥抱著她來到走廊上，看到賴子衝上樓梯，把小丑人偶丟在地上後，就從陽台上跳了下去。佳織回到房間，坐在輪椅上，去看了母親的屍體——

「我瞭解了。」

一臉嚴肅的悟淨對佳織點了點頭，「我想去參觀一下現場，可以嗎？」

「沒關係啊，反正不會造成任何人的困擾。」

「我晚一點帶你去看。」

水穗插嘴說。

「麻煩妳了。——關於人偶的事，聽說之後就馬上把它收起來了？」

悟淨問佳織。

「對，外婆把它裝進盒子，放在自己的房間裡保管。你上次來的時候才又拿出來。」

「之後就一直放在地下室嗎？」

「對，應該是。」

佳織看著水穗，徵求她的同意。水穗也證實了這件事。

「原來如此，我稍微瞭解了。」

悟淨露出滿意的表情。

之後，水穗和佳織一起帶他參觀了二樓。雖說是參觀，其實只是帶他看了十字形的走廊、賴子跳樓時的陽台和原本放小丑的裝飾矮櫃。

「真了不起，」參觀完走廊後，悟淨語帶佩服地說，「我終於瞭解十字屋這個名字的由來了。這棟房子是誰建造的？」

「我外公。」佳織回答。

「了不起，」他又看了一眼走廊後重複說：「太了不起了。」

之後，悟淨走出陽台，低頭觀察了後院很久。水穗和佳織等在走廊上，佳織小聲地說：「這個人真不可思議。」水穗也回答：「是啊，很不可思議。」

不知道是否聽到了她們的說話聲，走廊旁的房間門打開了，靜香探出頭，訝異地問：

「你們在這裡幹什麼？」

「對不起，」悟淨走過來道歉，「因為我對這棟房子有興趣，所以上來參觀一下。」

「是喔……」

靜香並沒有起疑心，對著水穗和佳織說：「我正打算喝茶，水已經燒好了，要不要一起來？」

水穗和佳織互看了一眼，點了點頭說：「好啊。」

「我有很好的茶葉，人偶師也一起來吧。」

在靜香的邀請下，悟淨也誠惶誠恐地跟著走進房間。

靜香的日本茶的確很好喝，但室內的空氣很凝重。靜香聊著和服、茶道的話題，佳織和水穗隨聲附和著。誰都沒有提青江的事，雖然他的屍骨未寒——

悟淨似乎對她們的談話沒有興趣，對著巨大的肖像畫打量了很久。當水穗她們談話停頓時，他問那是誰的肖像。靜香回答說，是她死去的丈夫，立下遺囑說要掛這幅肖像畫。

「遺囑上寫說要把自己的肖像畫掛在這個房間嗎？」

「不，那倒不是……」

靜香告訴人偶師，這幅肖像畫經過怎樣的過程，最後才會放在這裡。

「原來是這樣。」

悟淨連續點了好幾次頭，重新打量著那幅畫。

「這幅肖像畫還真大，尺寸也是遺囑上指定嗎？」

「不，遺囑上只寫越大越好……其他的都是宗彥去張羅的。」

「是嗎？真是太了不起了。」

悟淨語帶佩服地說。

水穗假裝去洗手間，走出靜香的房間，偷偷溜進了青江的房間。她想要找那本益智遊戲的書。走進青江的房間時，意外地發現他的房間很整潔，書架上放了數百本書。

那本書放在書桌上的小書架上。《世界益智遊戲入門》。水穗把書藏進了毛衣。

3

青江慘遭殺害已經過了四天，刑警在命案現場徹底展開調查，但至今仍然沒有查到任何線索。因為現場是雜木林中的散步道，附近沒有民房，所以沒有目擊者，也沒有人聽到動靜。

刑警山岸幾乎每天都來竹宮家報到，他仍然認為此案和宗彥、三田被殺的事件有關。根據他的推理，青江可能知道了竹宮家命案的某些事，被兇手發現，才會慘遭殺害。

「青江先生到底掌握了什麼？他為什麼會知道？他是否掌握了什麼證據？如果是物證，他又放在哪裡？」

山岸在水穗和佳織對面的沙發上坐了下來，說話時激動地揮著拳頭，他的太陽穴浮著青筋。

「目前我們正針對這些問題展開調查。」

他最後無力地總結道。

「但是目前還沒有任何發現吧？」

佳織的語氣有點冷漠。

「接下來要查，接下來才是關鍵。」

山岸語氣平靜地說。

「刑警先生，你似乎很希望兇手是我們自家人。」

「很遺憾，我無法否認自己在懷疑你們。」

「錢不是被拿走了嗎？那也可能是搶匪殺了他啊。」

「這個可能性也無法排除，所以，我們也同時向這個方向偵辦。」

山岸把手指伸進耳洞，轉動了幾下，然後吹著指尖。

「小丑人偶的事呢？有沒有什麼進展？」

水穗問，山岸立刻皺起眉頭。

「我們進行了多方調查，仍然無法找到其中的關係。唯一的關係，就是宗彥他們遇害時，那個人偶也在現場。問了那個姓悟淨的人偶師，他說的話也很玄。」

水穗不難想像眼前這位現實主義者的刑警，對悟淨那些超自然的話感到不知所措的樣子。

「那個人到底是誰啊？」

佳織似乎在問水穗，但山岸回答了她的問題。

「根據我們的調查，他算是小有名氣的人偶師，自己開了店，和他表哥一起經營。別看他那樣，他還是一流大學理學院的高材生。」

「理學院？」

水穗驚訝不已。

「只不過他在三年級的時候退學了，是大家口中的怪胎。他說的人偶的魔咒也不是胡說八道，的確曾經捲入幾起命案，也許他自己才是瘟神。」

山岸張著嘴笑了起來。

水穗很期待下次和悟淨見面。因為她已經偷偷把那本益智遊戲的書交給他，希望他去查一下青江對書中的哪個部分產生了興趣。

「他也是嫌犯嗎？」佳織問。

「雖然他有點令人在意，但根據我們的調查，他和青江先生完全沒有任何交集，應該和命案無關，而且，他當時一直和水穗小姐在一起。」

山岸告訴她們，今天之內會把包括小丑人偶和青江的物品歸還。

「既然他和命案無關，代表水穗姊也和命案無關吧？刑警先生，是不是這樣？」

佳織的語氣有點激動。

「嗯，是啊，因為她有不在場證明。」

「應該也可以排除我的嫌疑吧？因為我這種身體，根本不可能殺人。」

在佳織的注視下，山岸似乎很難回答，他乾咳了一下說：

「雖然可能有點困難，但並不能斷言。妳雖然行動不方便，但搞不好有什麼巧妙的方式。」

佳織難得露出柔和的表情看向水穗。

「水穗姊，妳有沒有聽到？沒想到這位刑警心地很善良。至今為止，我遇到的所有人都認定我什麼都做不了，但是他肯定了我的可能性。」

「能夠得到妳的稱讚太榮幸了，雖然心情有點複雜。」

山岸抓著後腦勺。

「是啊，我們這種身障者有自己的方式，比可以自由行走的人更巧妙的方式，但是很可惜，我不是兇手。因為我也有不在場證明，兩點半之後，我都一直和永島先生在一起，根本不可能在殺了青江之後，兩點半回到自己房間。」

「我也認為很難做到，因為目前判斷青江先生是在出門的兩點二十分，到屍體被發現的兩點三十分之間遭人殺害。」

「除非輪椅裝了引擎。」

佳織說完，露出了笑容。水穗覺得她似乎特別高興。

山岸離開後，水穗送佳織回房間，順便去探視靜香。靜香這一陣子身體欠佳，也沒有食慾，臉頰都凹了下去。水穗去她房間時，鈴枝剛好來收拾碗筷。

「刑警先生走了嗎？」

靜香說話的聲音很小聲。

「對，今天好像沒什麼特別的事。」

「青江的事有沒有什麼進展？」

「不知道……可能有，只是沒有告訴我們。」

「你們好像聊了很久。」

鈴枝收拾完後，停下手問道。她剛才似乎在廚房看到山岸在和她們說話。

「沒聊什麼，我們只是在問他，最近在調查什麼。」

水穗努力用輕鬆的口吻回答。

「那個刑警還認為是我們家的人殺害了青江嗎？」

靜香憂鬱地嘀咕道。

「不清楚……」

水穗含糊其詞地回答。

「太莫名其妙了。」鈴枝用強烈的語氣說道，「那天我一直都在樓下，任何人都不可能有嫌疑。」

「是嗎？」水穗有點驚訝。

鈴枝用力點了點頭。

「青江都一直在客廳，和花子小姐快回家時，他才出門。青江離開之後，除了和花子小姐以外，沒有人離開這棟房子。還有你們出去追青江而已。」

「那警方一定認為有人離開時，妳沒有看見。」

「但是大家都在這棟房子裡啊。」

鈴枝斷言道，水穗也就不便再說什麼。

「鈴枝嫂，別再說了。妳去把和花子找來。」

「和花子小姐嗎？是，遵命。」

鈴枝聽從靜香的指示，去打電話了。

「您找和花子阿姨有事嗎？」水穗問。

「也沒什麼特別的事。」靜香說話時顯得有點吞吞吐吐。

隔了一會兒，一名年輕刑警把青江的一部分遺物和小丑送來了。他們似乎並沒有找到任何線索。

靜香說那個人偶很不吉利，所以請悟淨立刻上門帶走。水穗打電話到悟淨住宿的飯店，轉達了靜香的意思。他在電話中回答，馬上就會上門去取。

「聽說陷入了膠著。」

悟淨一進門就這麼說。他是指警方的偵查工作。

「聽說所有相關人員都有牢不可破的不在場證明。」

「你真瞭解狀況。」

「調查人偶的刑警和我混得很熟，在閒聊的時候告訴我的。」

「我也想知道。」水穗左顧右盼後，小聲地說，「老實說，我並不知道大家的不在場證明，但也不能一直追問他們。」

「我能夠理解。——有沒有方便說話的地方？」

「去我房間聊吧。」

水穗請悟淨去了自己的房間，向門外張望後，關上了門。她覺得此舉好像背叛了佳織和其他人，所以有點愧疚。佳織的房間傳來古典音樂聲，她可能在聽FM廣播吧。

「我之前借給你那本益智遊戲的書，有沒有發現什麼？」

水穗請悟淨坐下後，先問了自己最在意的事。

「喔，妳是說那本書，」悟淨坐了下來，「不，目前還談不上發現了什麼……那本書原本是在佳織小姐那裡吧？想要借給妳看，卻被剛好在場的青江先生借走了。」

「是啊，怎麼了嗎？」

「不，只是想瞭解清楚。——好，那我們來說不在場證明的事。」

悟淨拿出一本小型筆記本。一問之下，才知道他隨身攜帶小筆記本，以便隨時進行一些簡單的素描。今天在上面記錄了命案關係人的不在場證明。

「首先是老夫人，」他從靜香開始說起，「下午都一直在房間內。一點半後，永島先生去為她弄頭髮。弄頭髮的時候，管家曾經去過她房間一次。」

「弄到幾點呢？」

「老夫人說是兩點二十五分左右。永島先生離開時，她看了時鐘。在得知發生命案為止，她都獨自在房間內。」

「永島先生怎麼說？」

「嗯，這個嘛，」悟淨看著筆記本，「他說在夫人的房間內，但不太清楚具體的時間。之後上完廁所，就去了佳織小姐的房間。」

「時間呢？」

「是兩點三十分。」悟淨立刻回答，「但這不是永島先生的證詞，而是佳織小姐說的。永島先生不記得了，他幾天前也這麼說過。」

水穗也想起這件事，那天佳織說，任何人都不可能在平時生活時，隨時注意幾點幾分做了什麼事。

「佳織怎麼會記得正確的時間？」

「她在聽ＦＭ廣播，永島先生進去她房間時，ＤＪ剛好報時，她還記得之後播放的樂曲。警方向電台確認後，發現她說的完全正確。」

「所以，佳織之後一直和永島先生在一起嗎？」

「是啊。」悟淨點了點頭。

「姨丈他們呢？大致的情況我已經聽說了。」

「近藤勝之先生上午去了公司，下午一點多離開公司。到這裡時差不多兩點十五分左右，兩點二十分帶著和花子太太一起離開，下午三點回到家——他的鄰居太太證實了這件事。」

「阿姨呢？」

「勝之先生來接她之前，她都留在自己房間內換衣服和化妝。」

這些都符合水穗已經掌握的情況。

「只剩下鈴枝嫂了。」

「沒錯，整理鈴枝嫂的證詞後，情況大致如下。」

悟淨說到這裡，深呼吸了一下。

「鈴枝嫂說，她幾乎都在一樓，但兩點不到的時候，曾經有事去了一下老夫人的房間。這一點和老夫人、永島先生的證詞相符。兩點之後，青江先生下了樓，準備出門去學校。鈴枝嫂看到青江先生打了電話後，把小丑塞進行李袋裡。兩點十五分左右，勝之先生來了，勝之先生把車子停在門口，在車上等夫人。」

「姨丈沒有進來嗎？」

「是啊。他用對講機告訴鈴枝嫂，自己已經到了，鈴枝嫂就去和花子夫人的房間通報。夫人去廚房喝了一杯水就出門了。青江先生早一步出門。勝之先生在車上看到青江先生走去散步道的方向，之後就載著夫人回家了。」

「那時候差不多兩點二十分吧？」

「對，鈴枝嫂說，然後我們就出現了，那時候差不多兩點二十五、六分。」

「在之後得知發生命案為止，鈴枝嫂都沒有見到任何人嗎？」

「不，我們離開後，她和上完廁所的永島先生說過話。永島先生之後去了佳織小姐的房間。」

「是喔……」

所有人的確都有不在場證明，考慮到從這裡到青江遭到殺害地點之間的距離，兇手在犯案前後至少要離開十字屋二十分鐘，但是，目前沒有人符合這樣的條件。

「殺害青江的兇手果然是隨機犯案嗎？」

水穗努力克制著內心的期待問道。她很不願意懷疑自家人是殺人兇手。

「是啊，如果無法推翻這些不在場證明，就會得出這樣的結論。」

「推翻？」

他的用詞令水穗很在意。悟淨闔起筆記本，用指尖咚咚地敲著桌子。

「有一件事讓我很在意，」他終於下定決心開了口，「我剛才也提到，所有人都有不在場證明，就像編織得很縝密的蜘蛛網。每個人的證詞中，都有極其詳細的數字，只要其中有一個人說出的數字有點模糊，蜘蛛網就會散掉。」

「你的意思是，」水穗舔著嘴唇，「所有人都在說謊嗎？」

「並不一定是所有人。」悟淨搖了搖頭，「也許只有兇手和另一個人說謊。」

「另一個人……是共犯嗎？」

「這我就不知道了，也可能基於某種理由袒護兇手。既然兇手是自家人，袒護也情有可原。」

水穗沒有說話，她不知道該如何反駁。

「山岸在小丑的事上有沒有說什麼？」

悟淨改變了話題，說話的語氣也比剛才開朗。

「好像沒有找到任何線索。」水穗回答。

「所以才會把人偶歸還回來啊。」

「那倒是。——那我今天就帶走了。」

雖然靜香說，金額不重要，只要趕快把人偶帶走就好，但悟淨還是調查了賴子當初購買時的價格，又額外加了一些，一起裝在信封中。

「這種事還是馬虎不得。」

他在這件事上很堅持。

悟淨拿起人偶，首先從正面端詳，然後觀察了細部，好像在檢查，最後又看了一眼正面，滿意地點了點頭。

「你好像鬆了一口氣。」

「對啊，我真的鬆了一口氣，以後就不必為魔咒煩惱了。」

「雖然我不相信迷信，但覺得這個人偶的魔咒很可怕。從賴子阿姨到青江，都接二連三發生不幸。」

「這個人偶的確很可怕。」

悟淨說完，再度露出憂鬱的眼神看著小丑。

「我無法理解姨丈為什麼偏偏那一天把小丑人偶放在裝飾矮櫃上。那天之前和現在一樣，放了『小馬和少年』的人偶。」

悟淨聽了水穗的話，露出了凝望遠方的眼神，然後又把視線移回她的臉上。

「我不太清楚，」他說：「但可能覺得小丑比『小馬和少年』更適合吧。」

「也許吧，總之他的興趣向來有點古怪，當初也是他說要把外公的肖像畫掛在走廊角落。」

「是喔……」

悟淨的眼睛看著半空靜止不動。

「怎麼了？」即使水穗問他，他也沒有反應。幾秒鐘後，他再度注視著小丑，立刻張大眼睛。

「怎麼了？」

她又問了一次，這次他終於抬起頭。

「老夫人在家吧？」

他問。他的語氣很平靜，卻很沉重。

「對，在房間……」

「那我去打聲招呼，就這樣把人偶帶走太失禮了。」

悟淨拿著人偶站了起來。水穗也跟著起身，他張開手掌制止了她。

「不用了，我只是去打一聲招呼而已。」

「是喔……」

水穗回答後，他立刻走上樓梯。

（小丑之眼）

悟淨一隻手拿著我走上樓梯，把我放在矮櫃上的「小馬和少年」旁，然後小心翼翼地走到南側的陽台，從那個位置看著我。

不一會兒，他走回走廊的中央——兩條走廊交叉的位置——然後蹲了下來。我完全不知道他在幹什麼。

他終於站起來時，眉頭深鎖，然後把我留在那裡，敲了敲老婦人房間的門。老婦人回應後，他走進了房間。

他到底想到了什麼？那個穿著白色睡袍女人自殺事件中隱藏了什麼秘密嗎？剛才那個年輕女人——名叫水穗的年輕女人——說的話，對他產生了那麼大的衝擊嗎？

最重要的是，悟淨為什麼把我放在這裡？把我放在這裡根本沒有意義啊。還是說，這個位置有什麼特殊的意義？

我完全搞不懂。

這棟房子太異常，這家人也很異常，我無法理解他們所有的行為。不光是我，我相信誰都無法理解。

他們為什麼聚集在這裡？他們到底有什麼目的？又想要幹什麼？

悟淨從老婦人的房間走了出來。和剛才相比，他的額頭微微發紅。我很瞭解他，當他產生強烈的想法時，額頭就會脹紅。

悟淨停下腳步看著我，往前走了幾步，站在兩條走廊交叉的位置，然後再度回到我面前。

「原來是這麼一回事。」

他深深嘆著氣說道。

原來是這麼一回事?是怎麼一回事?悟淨把我放在這個矮櫃上,到底對什麼感到滿意?

但是,他聽不到我說話的聲音。他緩緩點了點頭,把我拿在手上。

他的手很熱。

第六章　肖像畫

1

這天晚上，水穗上床之後，遲遲無法入睡。聽了悟淨的話之後，她的情緒十分激動。所有人的不在場證明——就像蜘蛛網一樣編織得十分縝密。

——而且，他離開時的樣子……

悟淨去向靜香打完招呼後的樣子和之前明顯不同，水穗從來沒有在他臉上看過這麼凝重的表情。他去二樓，在靜香的房間內到底發生了什麼事？

「青江先生打了電話。」

水穗送悟淨到玄關時，他在穿鞋子時開了口。

「電話？喔……」

水穗終於想到，他是說青江出門前打了一通電話的事。

「他到底打給誰？警方目前也還沒有查出來。」

「不知道……有什麼問題嗎？」

「是啊，我很在意這件事。」

說完，他難得露出憂鬱的表情。

悟淨離開後，水穗去了靜香的房間，不經意地問了她和人偶師聊了什麼。

「沒聊什麼重要的事，他真有禮貌。」

外祖母這麼回答。

「他沒有談起命案的事嗎？」

「沒有，什麼都沒說。雖然有所謂的魔咒，但這次的事不能怪那個人和那個人偶。——他好像對這個房間內的裝飾品很有興趣，很好奇地看了半天。」

「裝飾品……」

水穗巡視著室內。幸一郎生前蒐集的骨董品經過整理後，都擺設在房間內。有在北歐購買的弩和江戶時代引進日本的懷錶，幸一郎的巨幅肖像畫也掛在牆上。

悟淨是不是發現了什麼？是否也得出了和青江相同的結論？

沒錯。水穗握緊毛毯。青江的調查一定已經相當接近真相，才會令真兇感到害怕，所以才去攻擊他，阻止他繼續推理下去。

水穗回想起和青江最後談話的內容。他在那時候說，松崎並沒有殺了宗彥，宗彥只是假裝被殺而已。他還說，不光是這樣而已，如果到目前為止是第一幕，一定還有第二幕、第三幕——

青江內心到底隱藏了什麼秘密？水穗用完全沒有睡意的腦袋思考著。她感到渾身發熱，似乎不光是因為暖氣的關係。

——第二幕、第三幕……青江還用演戲做為比喻說了什麼。「我們所看到的大部分情況，都是經過巧妙安排的戲」……不，不光是這一句，他還說了其他的話。

水穗輾轉反側，覺得好像快想起來了，卻又想不起來。

那就從演戲開始聯想。舞台、劇本、台詞、演技、演……演員……

——演員？

對了。她躺在床上用力點頭。他是這麼說的，「意外的演員扮演了意外的角色」。

他為什麼會說這句話？只是為了強調事件的複雜，使用了這種比喻嗎？還是說……？

——還是說？

水穗倏地坐了起來。房間內一片漆黑。她凝視著黑暗中。

她掀開被子，穿上睡袍，打開了室內的燈，用手掌遮住了無法適應光亮的眼睛，從皮包裡拿出筆記本。她在筆記本上寫下了青江遇害時，每個人的不在場證明。

悟淨把每個人的不在場證明形容成縝密的蜘蛛網，水穗一一確認。她可以感受到自己情緒激動，心跳加速。

水穗覺得這一連串命案存在著一道巨大的牆，無法突破這道牆，就不可能找到真相。

水穗原本以為這道牆密不透風，但似乎預感到牆上存在些微的裂縫。那道裂縫將越來越大，最終將可以通往那道牆的另一端。

只是她不知道這件事到底是好是壞。

水穗也預感到，牆的那一端是更深沉的悲傷。

2

翌日早晨——

聽到敲門聲，水穗應了一聲，打開門一看，是坐在輪椅上的佳織，她眼尖地看到了水穗放在床上的行李箱。

「水穗姊，妳要回去了嗎？」

佳織皺起眉頭，露出責備的表情。

「對啊，不能一直住在這裡。」

雖然水穗故作平靜，但也覺得說話的聲音很不自然。她故意不看佳織，一個勁地把換洗衣服放進行李箱。

天快亮時，她決定整理行李回家。昨天晚上，水穗終於成功地掌握了事件的核心，但她也因此度過了一個不眠之夜。現在腦袋昏昏沉沉，意識的某個部分陷入歇斯底里的興奮狀態，讓身體無法入睡。

回家吧——她在茫然的思緒中下了決心。既然已經瞭解了真相，當然不可能繼續留在這裡。

早上起床後，她就開始整理行李，沒想到佳織進來了。

「妳不是答應我再住一陣子嗎？說會等警察不再出入這個家之後再回去嗎？」

水穗感受到佳織用銳利的視線看著自己，但仍然沒有停下手，「快了。」

「快了？」

「一定很快就會解決的，警察不再上門，世人也會忘記這起命案。」

「妳怎麼知道？」

佳織的聲音聽起來格外低沉。

「直覺吧。」

水穗回答說，然後，她決定無論佳織再問什麼，自己都不再回答。

然而，這個決心白費了。因為佳織沉默片刻後，就轉身離開了房間，輪椅輪子轉動的嘰嘰聲音一直留在房間內。

整理完畢後，水穗下了樓。鈴枝像往常一樣準備早餐。水穗看到她正在為湯調味的身影，覺得她比自己更融入這棟房子。鈴枝彷彿變成了廚房的一部分，已經和廚房融合在一起。

正在專心做早餐的鈴枝發現水穗站在自己身旁，露出驚訝的表情，隨即露出笑容說：「早安，昨晚睡得好嗎？」

「睡得很好。」水穗回答。

鈴枝笑了笑，繼續低頭做事，但水穗站在原地，目光追隨著她的每一個動作。鈴枝終於察覺了她的視線，中斷了手上的工作，露出納悶的表情。

「有什麼事嗎？」她不安地問。

「鈕釦的事。」水穗說，「姨丈睡衣上的鈕釦到底掉在哪裡？」

水穗原本就決定要用這種方式提出這個問題。其實應該更早追究這個問題，如今已經太晚了，即使如此，也無法對這件事睜一隻眼，閉一隻眼。

「鈕釦……？」

鈴枝的笑容有點僵硬。水穗看到她的笑容，確信自己得出的結論是正確的。

「鈕釦啊。」她又重複了一次，「但是，我不想聽妳說什麼鈕釦掉落在姨丈屍體旁這種話。因為那天晚上，我親眼看到那顆鈕釦放在二樓的矮櫃上，鈕釦不可能自己走路。」

鈴枝的胸部用力起伏，似乎在思考該如何解釋。水穗繼續說了下去，不讓她有思考的餘地。

「鈴枝嫂，並不是妳在二樓的矮櫃上發現鈕釦，然後丟去後院吧？除了妳以外，還有另一個人故布疑陣，偽裝成外人犯案。」

「不，都是我一個人……」

「沒關係，」水穗靜靜地說：「我已經全都知道了，是那個人把原本放在矮櫃上的鈕釦丟去後院。但是，我有一件事不明白，為什麼那個人知道那是姨丈睡衣上的鈕釦？」

鈴枝的嘴唇微微動了一下，並不是因為她說得太小聲，所以沒有聽到她說什麼，而是她還不知道該說什麼。

「妳為了掩飾兇手是自家人，做了很多事吧？」

水穗緩緩地、謹慎地問道，鈴枝挺直了身體。

「其實妳不僅知道是自家人幹的，而且也知道松崎堂舅並不是兇手吧？」

鈴枝垂下雙眼。旁邊的一個鍋子冒著熱氣，她伸手把火關小了。

「妳是不是，」水穗舔了舔嘴唇，她覺得口乾舌燥，「妳是不是也知道松崎堂舅並不是兇手？」

鈴枝的表情沒有變化。她在圍裙前握著手，雙眼看著斜下方，呼吸也很平靜。

然後，她開口問道：

「妳想說什麼？」

她的聲音低沉而平靜，卻讓人不寒而慄。

「松崎堂舅根本沒有殺姨丈，並沒有人殺他，妳一開始就知道這件事。不光是這樣，妳應該也知道誰是真正的兇手，知道誰殺了姨丈他們，想要陷害松崎堂舅。」

「小姐！」

鈴枝的聲音很低沉，但這次的語氣很尖銳。水穗等待她的下文。

但是，她什麼都沒說，垂著雙眼，只是緩緩地搖了搖頭，宛如她性格的寫照。然後，她轉身站在流理檯前，默默地開始準備早餐，用身體表示拒絕。

「好吧……我知道了。」

水穗嘆著氣，轉身離開了，背後傳來鈴枝俐落的剁菜聲。

水穗帶著沮喪的心情上了樓。雖然鈴枝什麼都沒有回答，但她毅然的態度已經說明了一切。

「再見。」

不知道為什麼，她脫口說了這句話。

（小丑之眼）

我正在狹小的飯店房間內。雖說是飯店，但其實是簡陋的商務旅館，窗外只有灰色的工廠和民房的屋頂，和民房曬衣架上晾曬的衣服。

我被帶來這裡後，一直看著悟淨的眼。

悟淨坐在一張簡易書桌前，打開筆記本，一直在思考。筆記本上用鉛筆畫了圖，似乎是那棟十字屋的示意圖，上面畫了十字形交叉的走廊和房間的配置。除了房子的示意圖以外，他還畫了庭院和停車場的位置關係，不知道什麼時候去調查的。

示意圖旁寫了很多密密麻麻的字，一條接著一條，悟淨正忘我地寫著這些內容。

桌上除了筆記本以外，還放了一本攤開的黑色封面舊書。書的空白處也畫了圖，很像十字屋的形狀。

我終於完全瞭解那天晚上到底發生了什麼事。就是那個女人跳樓自殺的那個晚上，那時候我也完全受騙上當了。

悟淨在幾個小時前已經推理出宗彥他們遭到殺害的真相，他目前正在寫的筆記本的前一頁，畫著音響室的示意圖，旁邊也密密麻麻地寫滿了推理內容。

悟淨完全瞭解了真相——我應該可以這麼斷言。他的推理可以說明至今為止，我認為匪夷所思的事，以及每個人的言行。

很快就落幕了。一切都將落幕。

3

水穗和佳織兩個人在凝重的氣氛中吃完了早餐，她們面對面坐在餐桌前喝著湯，吃著沙拉和煎蛋，把法式吐司送進嘴裡，喝完了咖啡。兩個人都沒有說話，把早餐送上桌的鈴枝也沒有說話，只有餐具的聲音在飯廳內聽起來格外刺耳。

中途鈴枝拿著托盤，把早餐送去靜香的房間，但去了很久，顯然不只是送早餐而已。水穗不難想像她在向靜香報告什麼。

「大家都離開了。」

吃完早餐，水穗正準備起身時，佳織突然開口說道。水穗低頭看著她的臉，但她看著前方繼續說道。

「兩個月前，大家都在。我媽、我爸……還有外婆也都在一起吃飯，但現在只剩下我一個人，為什麼會這樣呢？」

水穗想要說些什麼，卻想不到合適的話。為什麼會這樣？每個人應該都知道。

水穗沒有說話，轉身離開了，佳織也沒有再說什麼。

上樓後，她正準備回去自己房間，聽到了卡答的開門聲，靜香從門內探出頭。她的臉色比平時更蒼白。

「妳現在有時間嗎？」靜香問。

水穗稍微移開了視線，然後擠出笑容點了點頭。

「那可不可以來我房間一下？」

「好。」水穗回答後，走去靜香的房間，但突然感受到胸口一緊。

「聽說妳打算回去？」

水穗關上門，靜香用平靜的口吻說。她的語氣中沒有責備，也沒有挽留之意。

「我覺得在這裡住太久了。」

水穗說。她的確這麼想。靜香連續點了好幾次頭，似乎完全能夠理解。然後把熱水瓶中的水倒進茶壺，在兩個茶杯裡均等地倒了茶。

「我聽鈴枝嫂說了。」

靜香說，但沒有說鈴枝對她說了什麼。

「我之前就知道妳在想很多事，只是妳想得比我以為的更深入。我相信妳一定很痛苦。」

「是啊，外婆，」她說話時努力克制，以免感情寫在臉上。「的確有點痛苦，所以一開始我努力避免去想不愉快的事，但最後還是無法做到。」

靜香雙手拿著茶杯，噘著嘴喝著茶。她的眼神依然溫柔，卻帶著一絲落寞，臉上的每一道皺紋都帶著和她的眼睛相同的表情。

「我不知道該怎麼辦，」靜香說：「雖然就讓妳這樣回去也無妨，但又不希望妳對很多事情產生誤解，妳也希望自己心情可以舒暢吧？」

「這不是舒不舒暢的問題，」水穗覺得臉頰微微泛紅，「其實我也不知道該怎麼說，只知道用這種方式落幕並不妥當。因為很不自然，也會留下很多後遺症，但這也許只是我太偏激了，覺得自己好像不被竹宮家當成自己人……我也說不清楚。」

水穗說到一半時，用手摸著頭髮，搖著頭。她似乎有點混亂。

「沒關係，妳不需要感到痛苦。」

靜香於心不忍地說，然後露出微笑。

「我們來談一談，妳說說妳的想法，我也把我知道的事告訴妳。」

水穗正視著外祖母的臉。靜香慢慢地閉上眼睛，又慢慢地點了點頭。

「妳是不是和青江聊過？」她問水穗。

「對，」水穗收起下巴，「他先發現了真相，他打算把真相埋在心裡……應該打算在掌握證據後，從此不再提，沒想到事情竟然變成那樣。」

靜香又喝了一口茶，並沒有說什麼。

「我和青江最後談話的那天晚上，他對我說，松崎堂舅並沒有殺姨丈。他以為自己殺了姨丈，但其實姨丈只是假裝死了。」

靜香的臉上並沒有驚訝，水穗覺得她只是在聽早就知道的事。

「但是，他還對我說，到那個階段，只是舞台劇的第一幕而已，真相在第二幕、第三幕，可能有意外的演員扮演了意外的角色——我在腦海中一次又一次回想他這句話，想瞭解他到底想要表達什麼，最後終於總結出一個想法。」

水穗深深地呼吸，看著靜香。外祖母的表情仍然沒有變化。水穗以前曾經和外祖母分享自己對音樂、繪畫的意見，靜香此刻的表情和當時沒有任何不同。

水穗看著靜香的臉，鼓起勇氣說了下去。

「松崎堂舅以為自己殺了姨丈，但姨丈只是假裝被殺——這個魔術還有另一個機關，那就是假裝被殺的並不是宗彥姨丈。只要戴上睡袍的帽子，戴上眼鏡，再裝上假鬍子，在黑暗中根本難以分辨。我這麼想是有根據的。在松崎堂舅說殺了姨丈的時間之後，我看到姨丈的房間亮了燈。那時候姨丈還活著——所以，松崎堂舅殺的是姨丈以外的人。但是，這個玄機有一個問題，再怎麼喬裝，體格無法騙人，所以，能夠冒充姨丈的人就很有限。」

水穗觀察著靜香的反應，繼續說了下去。

「也就是說……只有永島先生可以冒充。」

這時，靜香長長地吐了一口氣。難道她也在緊張嗎？水穗認為這是靜香在表達肯定的意思。

「永島先生冒充是姨丈，然後假裝被松崎堂舅殺死，之後才真的殺死了姨丈。因為這樣就可以完全嫁禍給松崎堂舅，所以，同時殺了三田小姐應該是不在計畫之內的行動。總之，這樣的假設可以合理解釋很多事。其中之一，就是成為證明松崎堂舅是兇手的關鍵證據拼圖的事。永島先生潛入地下室，把掉落的拼圖片放回盒子裡，放回去時故意弄破盒蓋，讓警方發現了拼圖片，最後導致松崎堂舅的行為曝了光。但是，仔細想一想，就覺得這件事很不合理。有必要把拼圖片放回盒子裡嗎？即使『拿破崙的肖像』少了一片拼圖，警方也不會在意。所以，永島先生只要把撿到的拼圖片燒掉或是丟掉就好，再加上把盒蓋弄破這件事，都像是故意引起警方的注意。而且，不光是拼圖的事，鈴枝嫂說，姨丈手上抓著兇手的頭髮，但妳不覺得太巧了嗎？這些都是為了讓人覺得松崎堂舅是兇手所設下的圈套。」

水穗還有其他必須說清楚的事。

「還有其他設計松崎堂舅的圈套。松崎堂舅丟掉的手套上沾了血……但是，鈴枝嫂毀了這個圈套。她丟掉了姨丈手上握著的頭髮，也把手套丟到後門外，只不過，這些事並不是鈴枝嫂一個人做的，還有另一個人——外婆，妳也有份，對嗎？」

靜香沒有立刻回答，她看著半空中的某一點，但終於垂下雙眼，微微偏著頭。

「對，是啊。」

水穗用力吸了一口氣。

「但這並不是因為隱約知道兇手是自家人的關係吧？當時，妳就已經知道，真兇是永島先生，想要嫁禍給松崎堂舅。」

這時，水穗第一次正視靜香，她看著外祖母的眼睛繼續說：

「是因為鈕釦。那顆鈕釦也是永島先生設下的圈套。鈴枝嫂說，那顆鈕釦掉在屍體旁，但其實我知道，那顆鈕釦原本放在樓梯旁的矮櫃上。只不過很奇怪，把姨丈睡衣上的鈕釦放在那裡，根本無法陷害松崎堂舅。到底是怎麼回事？答案只有一個，永島先生把鈕釦丟在其他地方——不是矮櫃上，而是會讓人懷疑松崎堂舅的地方。但是，被外婆妳撿了起來，放在矮櫃上，對不對？」

水穗一口氣說完後，等待靜香的回答。她對自己的這番推理很有自信，因為她重複確認了多次。

靜香好像在嘆氣般回答：「是啊。」雖然聽起來很痛苦，但她的表情中並沒有痛苦。

「那天晚上，我打開門，想要去上廁所，看到永島走上樓梯。我心想，這麼晚了，他去哪裡，所以就看著他，發現他走去和自己房間相反的方向，是松崎的房間那裡。於是，我走到走廊的角落張望，發現永島蹲在松崎房間前，不知道做了什麼。我覺得自己看到了不該看的事，所以就走回自己房間。過了很久，才又走出房間。上完廁所後，我去永島剛才蹲著的地方察看，結果──」

「發現了那顆鈕釦嗎？」

「就是這樣。」靜香點了點頭。

果然是這樣。水穗終於知道是怎麼一回事了。如果刑警在松崎的房間門口發現那顆鈕釦──應該會發現──就絕對會懷疑他。

「但是，那個時候我還完全不知道發生了什麼事，也不清楚那顆鈕釦是不是永島放在那裡的。」

靜香有點悲傷地說。如果那時候就知道命案的事，恐怕會有不同的處理方式──她應該是這個意思。

「所以就把鈕釦放在矮櫃上嗎？」水穗確認道。

「是，當時並沒有什麼特別的意義。」

靜香說完，淡淡地笑了笑。

──我應該在外婆放完鈕釦後不久走出房間，看到了鈕釦。

水穗心想。只要當時的時間先後順序稍有不同，應該就會有完全不同的結果。

「鈴枝嫂在地下室發現屍體後，立刻來通知我。她很聰明，立刻就察覺是自家人犯案。當我去地下室確認情況時，和鈴枝嫂商量，能不能偽裝成是外人闖入犯案。於是，我們兩個人動了腦筋，做了很多偽裝。但是，我有一件事瞞著鈴枝嫂，妳知道是什麼事嗎？」

「外婆，我知道，」水穗明確地回答，「那時候，妳已經察覺到兇手是永島先生了，對嗎？」

「就是這樣。」靜香說。

「當我看到宗彥睡衣上掉了一顆鈕釦時，我立刻發現和那顆鈕釦一樣。我就知道兇手是永島，想要嫁禍給松崎，但是，我沒有把這件事告訴鈴枝嫂，所以，鈴枝嫂也不知道那顆鈕釦是我動的手腳。在大家知道發生命案的騷動之前，我從二樓的陽台把鈕釦丟了下去。」

原來是這樣。水穗發現了自己的疏失。後門的正上方就是陽台，即使不必特地去後門，也可以從陽台上直接丟下去。

「但是，當刑警山岸問這件事時，鈴枝嫂說，鈕釦也是她丟的。」

「那就是她機靈的地方。她察覺到鈕釦一定是我丟的，而且我這麼做一定有原因，於是，她回答說是她丟的，避免刑警追究到我身上。」

「松崎堂舅遭到逮捕時，鈴枝嫂並不知道真相吧？」

「對啊，雖然已經察覺我隱瞞了什麼事。」

「所以，妳知道松崎堂舅不是兇手，卻沒有告訴警察嗎？比起松崎堂舅，妳選擇保護永島先生嗎？」

靜香摸著臉頰，搖了搖頭。

「不是妳想的這樣，一開始的確是包庇了永島，因為他殺了那兩個人，所以我並不恨他……」

那兩個人死有餘辜——從靜香的話中似乎可以聽到這層意思。

「而且……也因為佳織。」靜香似乎終於下定了決心，「佳織喜歡永島，只要他在身邊，那孩子整個人都很有精神——如果知道他是殺害自己父親的兇手，她會承受太大的打擊，也許一輩子都無法站起來。其實我把真相告訴了和花子，不光是和花子，還有妳媽琴繪也知道。我們三個人商量後，決定如果事情到此結束，就不揭穿永島的事。」

原來是這麼一回事。水穗終於懂了，難怪母親琴繪在葬禮時好像刻意避開自己。

「但是，」靜香又繼續說：「但是，松崎被捕時，我改變了心意，因為我覺得可以這麼巧妙地陷害他人的永島太可怕了，只是想到佳織，又下不了決心說出真相，讓警方逮捕永島。於是，我想到只要永島自己從佳織眼前消失，然後去自首，這件事就可以和平落幕。鈴枝嫂在宗彥睡衣鈕釦這件事上的陳述，不是和事實不相符嗎？我以為那件事會讓永島知道有人察覺了他是真兇這件事。」

「他應該察覺到了。」水穗說。

「但是，他並沒有從我們面前消失，也沒有去自首，甚至殺了識破他設下圈套的青江。」

青江生前最後一個晚上，水穗和他在一樓的客廳聊天時，發現樓上有動靜。原來是永島在偷聽。

「沒想到他會一再殺人……我真是作夢也沒有想到。」

不知道是否回想起當時的衝擊，靜香發出極度疲憊的聲音。

「外婆，但是妳之後又袒護了他。妳告訴刑警他離開妳房間的時間，比實際的時間稍微延後了？妳說那天他兩點二十五分左右，才離開妳的房間，但其實他更早就離開了，對嗎？」

「對……當我得知青江遭到殺害時，立刻知道是他幹的。因為他兩點十五分離開我的房間，時間上也剛好。」

「永島先生一定沒想到屍體這麼快就會被人發現，所以完全沒時間為自己製造不在場證明。所以，他對警方說的時間都很模糊，只說來妳房間後，又去了佳織的房間，時間記不清楚了。不知道他對妳的偽證有什麼感想？也許認為妳只是剛好記錯了，話說回來，他的運氣實在太好了，就連佳織也為他說了謊。」

靜香聽了水穗的話，似乎感到頭痛，用指尖按著眼角。她保持這個姿勢良久，然後重重地嘆了一口氣。

「她應該什麼都不知道，但為什麼會說那種謊……？」

「應該是憑直覺領悟到，因為她的感性很敏銳，」水穗說：「也許她從永島的態度上，察覺到他殺了青江。但是，她袒護了永島。雖然她說永島兩點三十分去了她房間，但那是她在說謊。看來她是真心愛永島，不只是暗戀而已。」

「我會做一個了斷，」靜香斬釘截鐵地說：「我會用不傷害佳織的方法，讓永島消失，也澄清松崎的嫌疑。雖然目前還不知道該怎麼做，但我一定會想辦法。」

「所以，在此之前，希望我也保密嗎？」

「如果妳想報警，我不會阻止妳。」

水穗的嘴角露出笑容說：

「我太想這麼做了，但是，我還想知道一件事。永島先生到底是基於什麼動機殺害姨丈他們？」

靜香看向窗外後回答說：

「我也不太清楚，但事到如今，也許只能想像他對賴子的感情是真的。」

「對阿姨的感情……」

佳織以前也說過這件事。永島愛上了賴子，痛恨把她逼上絕路的宗彥和理惠子。這也是他的犯案動機嗎？如果是因為這個動機，水穗能夠理解靜香和佳織的確無法恨他。

「我已經全都告訴妳了，沒有其他問題了吧？」

「對，謝謝外婆。」

水穗站了起來。

「妳要再去澳洲嗎？」靜香抬頭看著外孫女。

「是啊，我想再去澳洲……努力忘記一切。」

水穗說完，打開了房門。

她有一種錯覺，掛在牆上那幅巨大的幸一郎肖像好像看著自己。

（小丑之眼）

悟淨走出飯店後，立刻攔了計程車，告訴了司機目的地。他似乎打算去十字屋。他手上抱著一個皮包，我被他裝在那個皮包裡。

悟淨似乎打算去破解竹宮家的詭計。我不知道誰能夠因此得到救贖，也不知道會不會讓誰更加不幸，我相信悟淨自己也不知道。

我看到的竹宮家悲劇即將落幕，從跳樓事件開始的一連串悲劇——

話說回來，這一連串的事件中充滿了不解之謎。

首先是地下室的那起命案。那天晚上，走進漆黑地下室的不是宗彥，而是名叫永島的男人。但是，我當時以為他叫宗彥，更早以前的某個原因，讓我產生了這樣的錯覺。

會客室內的對話導致我產生了錯覺。沒錯。就是悟淨第一次去竹宮家時的事。當時，老婦人說，應該是「宗彥」把我放在走廊的裝飾矮櫃上。但其實並不是他，把我放在樓梯旁矮櫃上的是名叫永島的男人。老婦人的誤會讓我誤把永島當成了宗彥。

那天晚上在我面前遇刺的不是宗彥，而是永島，我直到最近，才察覺到這件事。在我被放在客廳的那一天，竹宮家的人都聚在一起吃飯。當時，我發現已經死去的宗彥竟然也在其中，後來才知道他並不是宗彥，而是永島。

原來那天晚上遇刺的是他——這時，我才終於發現真相。那個叫永島的男人冒充是宗彥，並假裝遭到殺害，然後又親手殺了宗彥。我猜想八成也是他殺了那個女人。

悟淨發現了這件事，也知道好幾個人聯手袒護永島。老婦人、鈴枝當然都是其中之一。

當然，事件並沒有解決，還有一個最大的問題——永島為什麼要殺那兩個人？

悟淨去十字屋就是為了說明這件事。

4

鈴枝來通報悟淨來到十字屋時，水穗已經收拾好行李。她來到玄關，出現在人偶師面前。

「聽說妳要回家了？」他問。應該是鈴枝告訴他的，「在妳回家之前，我要告訴妳一些事。」

「我也是，」水穗說完，微微偏著頭，「但應該只是確認而已，我們的想法應該差不多。」

「所以，妳也瞭解了命案的真相？」

悟淨抬眼看著她。

「是啊，」水穗輕輕點了點頭，看著身後，確認沒有人聽到，「我也向外婆確認了，我的推理並沒有錯。」

聽到水穗已經和靜香談過，悟淨有點驚訝。

「老夫人說什麼？」

「她說希望我交給她來處理，我也答應了。」

「是喔……」

悟淨咬著下唇，低頭看著地下後才抬起頭，「我們果然需要談一談，可以去妳房間嗎？」

「好啊，請進。」水穗拿了拖鞋給他。

走去房間後，他們像上次一樣，面對面坐在桌子旁。悟淨深呼吸後，拿出水穗也看過的素描用小筆記本。

「妳已經知道誰是兇手了嗎？」他問。

「對，」水穗回答：「我的推理應該沒有錯。」

悟淨用試探的語氣小聲地問：

「是……永島先生？」

「所以，妳也發現是永島先生喬裝成宗彥先生了？」

水穗點了一次頭。

「還有外婆隱瞞了這件事。」水穗補充道。

「那我說一下我的推理，如果有不同的地方，請妳告訴我。」

悟淨說完這句話，陳述了他對地下室那起命案的推理，幾乎和水穗的想法完全一致。

「沒錯，」水穗聽完後回答，「沒想到你一個外人，竟然能夠分析得這麼透徹。」

「有時候旁觀者看得更清楚。」

然後，他看著水穗的眼睛問：「妳認為動機是什麼？」

「這個問題還不清楚。」

水穗說完後，把和靜香的談話也告訴了他。永島似乎對賴子產生了深厚的感情。

「永島先生真的愛賴子夫人嗎？」

「這……外婆說，是根據永島先生的態度判斷的。」

「從態度嗎？但是……我只是打一比方，」

悟淨停頓了一下，似乎在選擇措詞，「會不會是裝出來的呢？」

「裝出來的？裝什麼？」

「就是——」

悟淨似乎卡住了，沒有繼續說下去，但換了一個話題。

「這次的命案中，有幾件事我一直搞不懂。那天深夜，永島先生是怎樣把宗彥先生和三田理惠子小姐叫去地下室的，而且，他為什麼知道松崎先生受賄的事，又是怎麼在三田小姐的文字處理機動手腳？」

「嗯，是啊……」

水穗無法回答這些問題，因為他說的沒錯，這些疑問還沒有解決。

「所以，我想到一種可能性，也許永島先生、宗彥先生和三田理惠子小姐之間有某種秘密的關係。」

「秘密的關係？」

水穗忍不住皺起眉頭。她完全沒有想到這種可能性。

「你是說他們三個人擁有共同的秘密嗎？」

「對，而且，那不是普通的秘密。到底是什麼秘密呢？永島先生並不是竹宮產業的人，應該不是公司方面的事。」

人偶師淡淡地說道，但水穗聽了，忍不住倒吸了一口氣。

「該不會……」

「對，」悟淨似乎察覺了她的驚訝，「我認為——應該是關於賴子夫人自殺的事。」

「阿姨的自殺……到底是怎樣的關係？」

「我的想像可能很不可思議，」人偶師說：「我懷疑那根本不是自殺。」

「不是自殺……不可能，佳織和姨丈親眼看到阿姨跳樓。」

「不，這樣的說法並不正確，」悟淨略帶灰色的眼睛直視水穗，「聽佳織小姐的描述，無論在位置上還是時間上，她都無法清楚看到跳樓女人的臉。因此，嚴格地說，佳織小姐看到一個疑似賴子夫人的女性衝上樓梯，然後從陽台跳了下去。」

水穗感到自己的心一沉，然後心跳加速，全身發熱。

「所以，跳樓的不是阿姨嗎？」

「對。還有另一個人對這件事產生了懷疑，那就是青江先生。他不是說，無法想像賴子阿姨會用那種方式結束生命嗎？我認為青江先生的推理就是從這一點出發，也提出了我的假設。」

悟淨打開帶來的皮包，從裡面拿出小丑人偶。「青江先生為什麼會帶這個人偶出門？他想檢查這個人偶的什麼？兇手為什麼要阻止這個人偶被檢查？青江先生遇害時，山岸刑警不是說，找不到有人碰過人偶的痕跡嗎？但是，照理說，應該有痕跡才對。最初人偶放在玻璃盒內，所以沒什麼人碰過，但之後有好幾個人碰過，上面找不到這些人的指紋顯然不對勁。為什麼？因為兇手擦過了。兇手為什麼要擦掉指紋？因為上面很可能留下了不該留下的指紋。」

「不該留下的指紋是？」

「就是三田理惠子的指紋。她沒有機會碰到小丑，如果上面有她的指紋，到底是什麼時候留下的？」

「三田小姐的？」

水穗搖了搖頭，她的太陽穴隱隱作痛。

「搞不懂，這是怎麼回事？」

「根據青江先生的推理，跳樓的賴子夫人也許是三田理惠子假扮的。」

「怎麼可能……」

「他的推理很出色，」人偶師雙眼發亮，「於是，他就思考，有沒有方法可以證明，最後想到了賴子夫人一衝上樓梯，就把人偶丟在地上這件事。如果賴子夫人是假冒的，人偶上就會留下冒牌者的指紋。」

「青江想到了這件事，打算把人偶帶去大學鑑定指紋嗎？」

「應該是這樣。於是兇手——永島先生因為某種契機瞭解到青江先生的想法。我注意到青江先生外出前打電話這件事，也許青江先生在電話中告訴了對方自己的想法，剛好被永島先生聽到，於是，他不得不趕快動手殺了青江先生。」

「難以相信。」水穗用雙手抱著自己的臉頰，「所以，我阿姨是什麼時候死的？」

聽到她的發問，悟淨微微皺起眉頭。

「這件事很不好啟齒，我認為在喬裝的三田理惠子跳樓前，已經被人從陽台上推下身亡了，應該讓她事先服用了安眠藥。」

「兇手就是他們三個人……永島先生、姨丈和三田小姐嗎？」

「沒錯。」

「難以置信，」她搖著頭，重複了一遍，「因為……即使是變了裝，那個女人還是從陽台上跳了下去，所以，根本不可能平安無事啊。」

「所以啊，」悟淨注視著水穗的臉，「這是巧妙的詭計，只有內行人才知道，如果沒有這本書，我恐怕永遠都不會發現。」

他拿出那本益智遊戲的書。

「裡面果然有……？」

「沒錯，隱藏了重大的關鍵。」

說完，他打開小筆記本，上面畫著十字屋二樓的示意圖。

「那天晚上，佳織小姐和宗彥先生聽到尖叫聲後，從房間衝了出來，看到一個女人從陽台跳樓。於是，宗彥先生抱著佳織小姐回到房間，把她放在輪椅上，再度走出房間。佳織小姐也坐在輪椅跟了出來，走去夫人墜落的陽台往下看——是不是這樣？」

「對，」水穗說：「佳織說，她從陽台向下看時，看到了倒在地上的阿姨，和趕到阿姨身邊的姨丈，沒有看到其他女人。」

「我想也是，」悟淨緩緩點頭，「因為夫人是從北側的陽台墜樓，從那裡也只能看到夫人的屍體。」

「…………」

「但是，女人跳樓的並不是北側的陽台，而是東側的陽台。」

「不可能，在佳織的房間門口只能看到北側的陽台。」

「如果直直看的話，的確是這樣，但如果在這個位置——」

說著，他在示意圖的走廊交叉點上畫了一條線，「如果這裡有一面鏡子，從佳織小姐的房間門口就會看到東側的陽台，然後，原本以為是北側的樓梯，其實是東側的樓梯。」

水穗再度覺得心跳加速，心臟隱隱作痛。鏡子？佳織看到的景象是鏡子反射的虛像嗎？

「一切都是經過精心設計的詭計。」悟淨靜靜地說：「殺害夫人後，宗彥先生去佳織小姐的房間，不讓她離開。這時，永島先生就設置了鏡子，三田理惠子則偽裝成夫人後待命。然後，她尖叫著衝上樓梯，從東側陽台跳下去。除了北側以外都是二樓，所以，只要在陽台下停一輛廂型車，上面鋪一床被子，即使跳下去也沒有危險。宗彥先生抱著佳織小姐回到房間後，永島先生立刻趁此機會收好鏡子，自己也躲起來。接下來的事就如佳織小姐所經歷的，永島先生和理惠子則伺機溜出豪宅。」

悟淨把小丑人偶放在水穗面前，「把放在樓梯旁的『少年和小馬』人偶換成這個小丑，也是因為這個詭計的關係。他們可能想到『少年和小馬』左右相反時會被人發現，所以換上這個左右相差無幾的人偶。」

「喔……」

正如悟淨剛才說的，這些解釋太專業了，但是，水穗找不到任何理由反駁他的推理。

「請妳看一下這一頁。」

他把黑色封面的益智遊戲書在水穗面前翻開，那一頁上介紹了使用鏡子的魔術機關。只要把鏡子斜斜地放在盒子裡，從正面來看，會以為盒子是空的。可以利用這一點把東西藏在鏡子內側。

「我一開始並沒有察覺，但在這一頁的空白處，發現寫了奇怪的內容。妳看這裡。」

悟淨手指的地方用鉛筆畫了一個十字架，然後在交叉的部分畫了一條斜線，上面寫著「這裡放鏡子」。

「這是……姨丈寫的？」

「應該是。宗彥先生也是因為看了這本書，才想到設計走廊上的詭計。」

「青江之前說，在這本書上看到了有趣的東西，原來是指這件事。」
「應該是。」
水穗緩緩搖著頭。沒想到之前先把書借給青江，大大改變了局面。
「但是，還有其他問題，」悟淨敲著筆記本上的示意圖說，「要如何像變魔術一樣把這麼巨大的鏡子拿進拿出？雖然我不知道青江先生有沒有識破了這一點，但之前和妳聊天的內容，讓我想到了一個方法。」
「和我聊天？」
說到這裡時，門外傳來咯咚一聲。悟淨立刻站了起來，打開了房門。
佳織倒吸了一口氣，抬頭看著悟淨的臉。
「佳織，妳都聽到了嗎？」
水穗問，她很不屑地搖了搖頭。
「我才不會偷聽呢，只是……」
「只是什麼？」
「只是外婆剛才從這裡走過來……她的臉色很蒼白，我不知道發生了什麼事，所以過來看看。」
水穗看著悟淨，他小聲嘀咕說：
「慘了，可能她聽到了我們的談話。」

「外婆在哪裡？」水穗問佳織。

「她下樓去了。」

悟淨立刻衝出房間，來到走廊上，水穗也跟在他身後。

來到一樓，發現鈴枝獨自在打掃。水穗問她，靜香在哪裡。

「應該在自己房間。」鈴枝面無表情地回答，「永島先生來了，夫人請他去了自己房間。」

「所以，永島先生也在外婆房間裡？」

「是啊。」

「危險！」

穿著黑色上衣的悟淨立刻轉身，再度衝上樓梯。水穗也跟在他身後。

來到二樓，悟淨直接走向靜香的房間，沒有敲門，就打開了房門。

一走進門，立刻看到永島站在牆邊的肖像畫前。他看到水穗他們時露出驚訝的表情，但悟淨隨即撲向他。幾乎同時，聽到了撕裂空氣的呼嘯聲，一支箭射中了肖像畫。

「外婆！」

走進房間的水穗大叫一聲。靜香站在房間角落，手上拿著弩。剛才那支箭就是她射的。

「為什麼……？」

因悟淨而得救的永島一臉沉痛的表情站了起來。

「永島先生，你做的事已經全都曝光了。不管是你偽裝成宗彥先生，還是三田理惠子小姐偽裝成賴子夫人，以及鏡子的詭計，都統統曝光了。」

悟淨用左拳用力打向幸一郎的肖像畫，畫布後方傳來玻璃碎裂的聲音。

「這個畫框的後方是鏡子，表面應該用夾板蓋住了。我已經確認過，這個畫框的寬度和走廊對角線的長度相等。掛在走廊上時，畫框的下方應該裝了輪子，只要打開鎖住輪子的扣環，就可以自由移動。」

原來是這樣。水穗恍然大悟。聽說賴子死去的那天晚上，這幅肖像畫還放在走廊的角落。如果背面是鏡子，就可以輕而易舉完成悟淨剛才說的詭計。

水穗想起永島的店裡也使用了巨大的鏡子，佳織說，那是宗彥提議的。也就是說，也許當時就想好了殺害賴子的詭計，只是為了掩飾犯案用的大鏡子。況且，當初也是宗彥張羅肖像畫的事，尺寸也是由他決定的。

「什麼……」永島抬頭看著肖像畫，然後又看著悟淨說：「我不知道你在說什麼，外人不要隨便亂說話。」

「這當然只是我的推理，只不過所有的狀況都指向你。你殺害宗彥先生他們和青江先生的事，夫人都已經知道了。」

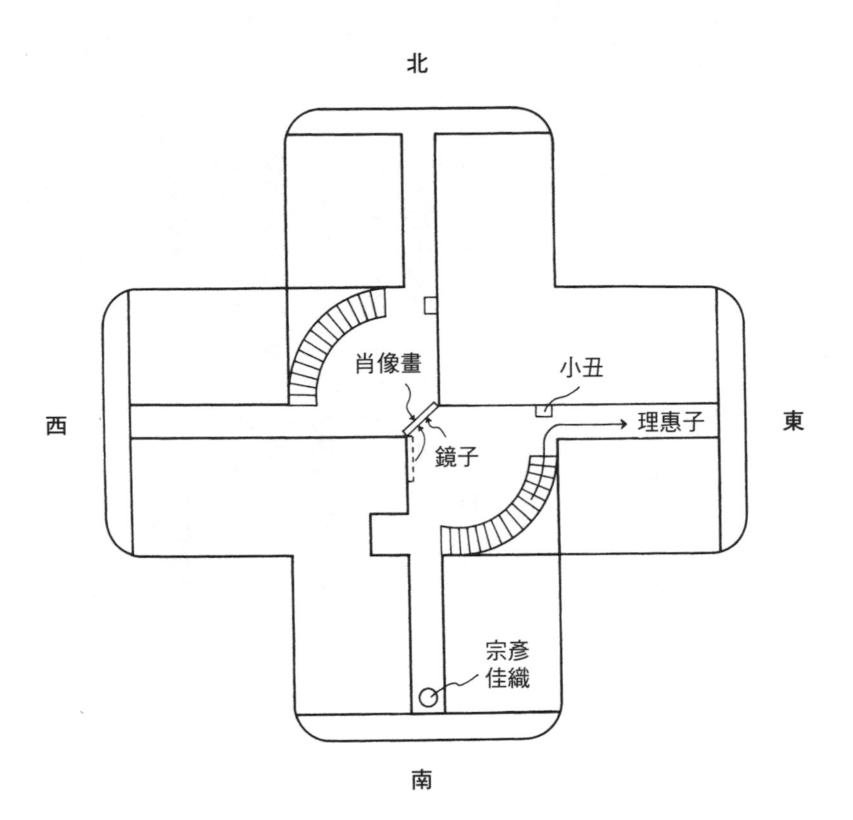

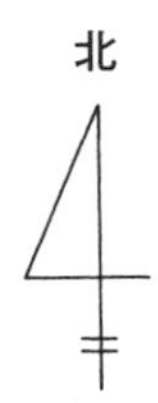

十字屋 2F

永島聽了，驚訝地看著靜香，靜香手上仍然拿著弩。

「我看到了，」她靜靜地開了口，「那天晚上，你……你想要陷害松崎所做的事。」

永島面無血色，只有張大的雙眼充血。

「青江……也是你殺的吧？」

靜香問，他咬著下唇，雙手用力握著拳頭。拳頭表面浮著青筋。

「請你告訴我，你們為什麼要殺阿姨？」

水穗問，永島把頭轉到一旁。

「讓我來說吧，」靜香開了口，「因為你並不是他——竹宮幸一郎的兒子。」

水穗倒吸了一口氣，看著永島。他也張大了眼睛，凝視著靜香。

「原來您早就知道？」他脫口問道。

「我當然知道。」靜香說。

一陣短暫的沉默，只聽到永島急促的呼吸聲，但很快就安靜下來。當他再度抬起頭時，露出了鎮定的眼神。

「什麼時候？」他問。

「很久以前，」靜香回答，「賴子一直很懷疑，在我老公去世之前，去做了血液鑑定，結果發現你和我老公並沒有血緣關係。諷刺的是，在報告出爐之前，我老公就死了。」

「她對我說，沒有告訴任何人，」永島露出懊惱的表情，「她說她不會告訴任何人，所以叫我自己離開這個家，還說要讓她父親關於遺產的遺囑失效。」

「所以你就殺了她嗎？」水穗問。

「是宗彥先生向我提出了交易。」永島回答，「他可能也是從夫人口中聽說了，知道我不是幸一郎先生的兒子，所以向我提出了殺害夫人的計畫。因為夫人得知了他和三田理惠子之間的關係，他正面臨離婚的危機。宗彥先生很迷益智遊戲，想到了使用鏡子的詭計。」

「於是，你就和兩名共犯一起動手殺了阿姨。」

永島沉默了很久，終於抬起泛著油光的臉，深深嘆了一口氣。

「我想要奪取竹宮家。我媽被竹宮幸一郎拋棄後，過著宛如地獄般的人生。我為了復仇，說自己是私生子接近了他。十年……真的是漫長的十年。」

永島閉上了眼睛，似乎回想起這十年的歲月。

「為了執行這個計畫，他們兩個人變成了阻礙，而且，他們在賴子夫人被殺這件事上，被青江抓到了尾巴。」

「尾巴？青江？」

水穗問。

「我之前不是說過，賴子夫人的尾七前幾天，我住在這裡的時候，花瓶打翻了，把床弄濕了嗎？其實，那天我聽從了佳織小姐的建議，去了宗彥先生的房間睡覺，但早晨醒來時，發現門下塞進了一封信。是寫給宗彥先生的，但沒有留下寄件人的名字。信上寫著——」

永島舔了舔嘴唇說：「我知道是你和三田理惠子殺了賴子夫人。如果你們不在夫人的尾七之前自首，我就去報警。」

「青江寫了這樣的信？」

「當時我並不知道是誰，但無論如何，都必須立刻採取措施。」

「所以，就在尾七那天殺人……」

「我並沒有充裕的時間研擬計畫，所以……才會出問題。」

他重重地嘆了一口氣。

「給松崎堂舅那封奇怪的信，也是你寫的吧？」水穗問。

「對，我用那封信把松崎叫到地下室，打算栽贓給他。我故意用和理惠子的文字處理機相同的機種打了那封信，又找藉口去了理惠子家，把當時用的色帶塞進她抽屜深處。等我殺了她，偽裝成自殺時，警方一定會找到色帶，到時候就會認為是她寫了那封奇怪的信給松崎。警方一定會認為他們想要陷害松崎，結果宗彥反而被殺，理惠子看到之後嚇壞了，所以自殺了斷。」
「你的計畫幾乎都完成了。」
悟淨說，永島笑著搖了搖頭。
「松崎離開後，我打電話叫宗彥下來。雖然是半夜，但我說有重要的事，所以他慌忙來到地下室。」
「所以你就殺了他？」
永島點了點頭。
「他一走進來，我立刻攻擊他。然後移動了他的屍體，和松崎預演時一樣，把拼圖片撒在他身上，還把在和松崎扭打時抓下來的頭髮塞進宗彥的手裡。到這裡為止，一切都算是按計畫進行。」
「只有三田理惠子是意料之外。」
「沒錯。宗彥在斷氣之前說，他已經通知了理惠子，很快就會知道是我殺了他……」
「所以，你也把她找來了嗎？」
水穗握緊拳頭。永島看了她一眼，再度把視線移開。
「我不認為她會報警，因為這麼一來，殺害賴子夫人的事就會曝光，但是，我不能不解決這件事，所以，只能連同理惠子一起幹掉。」

「你是在走廊上刺殺她嗎?」

悟淨問,永島露出有點驚訝的表情。

「你怎麼知道?沒錯,就是這樣。我在走廊上等她,迎面刺向她,然後拖進房間,讓她躺在宗彥的屍體旁。其實我並不想用這種方式殺理惠子,而是想用看起來更像是自殺的方式。」

他在殺宗彥時設計了完美計畫,所以似乎很懊惱。

「而且……鈴枝嫂故布疑陣,讓現場看起來像是外人闖入犯案這件事也在你意料之外。」

永島聽到水穗的話,重重地垂著頭。

「隔天早上起床後,狀況完全變了,我慌了手腳,不知道該怎麼辦,幸好我為了以防萬一,撿起了松崎掉落的拼圖片,所以派上了用場。」

「在發現屍體,大家走去地下室亂成一團時,你乘機用拼圖片沾了姨丈的血,之後故意放回盒子,讓警方發現吧?」

沒想到永島搖了搖頭。

「有點不一樣。他掉落的是『拿破崙的肖像』的拼圖片,但我覺得這樣根本無法發揮作用,所以在大家亂成一團之前,走去客廳,偷了『鵝媽媽』的一片拼圖,去了地下室後,才拿去沾血。之後,和松崎實際掉落的拼圖片一起放回了盒子。

『鵜媽媽』的拼圖片可以讓警方首先懷疑前一天晚上陪宗彥一起拼圖的勝之和松崎，我猜想到時候，膽小的松崎一定會招供。」

事實上，山岸和其他刑警的推理能力超乎永島的想像。

「你是因為青江漸漸發現了真相，所以才會殺他嗎？」

水穗問。

「他太聰明了，」永島先回答了這一句，「在松崎遭到逮捕後，他仍然不肯放棄，追查真相。他隨口說的每一句話，都觸及了事件的核心，我確信那封給宗彥的信就是他寫的。」

「而且，他還想檢查小丑。」

悟淨在一旁插嘴，永島點了點頭。

「那天我從夫人房間走出來時，在走廊上遇到佳織，告訴我青江正在打電話去大學的圖書館。」

「圖書館？」

「有沒有鑑識學的書，書上有沒有介紹採取指紋的方法——聽佳織說，他在打電話問圖書館這些事，於是我驚覺他想要採集小丑身上的指紋。」

「原來是這樣。」

悟淨小聲地嘀咕。

永島用力垂著頭，好像該說的話都已經說完了。水穗看著他說：

「永島先生，你一定覺得很奇怪，為什麼外婆和佳織都在你的不在場證明上，說了對你有利的證詞。因為大家都喜歡你。」

他輕輕搖著頭。

「我知道大家都對我很好，但是……仍然無法改變我媽痛苦地走完一生的事實。」

「你……」這時，靜香從喉嚨深處費力擠出聲音說：「在做血液鑑定之前，我老公就已經知道你不是他的兒子。」

永島的肩膀抖了一下，他抬起頭，用帶著血絲的雙眼看著靜香，眼神中充滿難以置信。

「騙人……」

「我沒有騙你，是我老公親口告訴我的。他說，你的不幸身世是他造成的，所以，即使你不是他的親生兒子，他也想補償你——我不知道賴子對你說了什麼，我和我老公無意把你趕走，他也是在瞭解這件事的基礎上寫下遺囑。」

「怎麼會……」

永島腿軟地跪在地上，抱住了頭。

水穗呆然地站在原地，看著幸一郎的肖像畫。

靜香用弩射出的箭射中了幸一郎的胸膛。

5

水穗站在車站的月台上時，天空又飄起了雪。

她看著雪，回想起來這裡之後發生的事，也思考著佳織的未來、靜香和其他親戚的事。

聽永島說完後，水穗發現佳織不見了，慌忙四處尋找。因為真相一定對她造成了莫大的打擊，水穗擔心她會自殺。

幸好佳織平安無事。她在房間內目不轉睛地看著小丑人偶，她說，她看到悟淨把人偶放在水穗的房間內，所以就拿去自己的房間。

「很奇妙的人偶，」佳織說：「我一直覺得它的表情很可怕，但一直盯著它看，會覺得心變空了。」

她又接著說：「我想我媽應該也是喜歡這一點，所以把它買回家。」

「佳織，聽我說……」

水穗想要開口，她閉上眼睛，搖了搖頭，似乎覺得沒有這個必要。她把人偶遞了過來。

「請妳把它還給悟淨先生。」

「好。」水穗接過人偶，然後看著佳織。佳織清澈的眼角帶著些許淚痕。

「我沒事，」她用壓抑的聲音說道，「但是，我想一個人靜一靜。」

佳織移開視線。水穗輕輕點了點頭，默默走出了她的房間。

她和佳織用這種方式道別。

她真的沒事嗎——水穗看著白雪堆積的鐵軌，不由地思考著可憐表妹的事。

不，她一定會沒事。水穗深信這一點。對她來說，這才是真正的人生。這次的事讓她瞭解到愛一個人的喜悅和痛苦，只要能夠走過這一關，她一定會變得更堅強，能夠克服不良於行，堅強地活下去。

水穗又想到了永島。

他坦承試圖取悅幸一郎，誘惑賴子，把竹宮家的一切占為己有。當他們離開人世後，他的目標理所當然地轉向了佳織。

我對不起佳織小姐，但我對她的好感並不是假裝的——永島最後這麼說。

水穗也想起了青江。他一定是真心愛上了佳織，只是不擅長表達——這麼想，讓她感到了救贖，卻也更加痛苦。

「妳要回家了嗎？」

水穗陷入了沉思，突然聽到背後傳來聲音。抬頭一看，悟淨微微向她欠身。他像往常一樣，穿了一件深色的大衣，他手上的皮包中放著那個小丑人偶。

「這次多虧你幫了很多忙。」

「沒這回事，我正在懷疑，這樣的結果到底是好是壞。」

「真相必須大白。」

「是啊……永島先生後來怎麼樣了？」

「我聯絡了山岸，之後就是警方的工作了。」

「也對，」悟淨點了點頭，用稍稍嚴肅的口吻說：「對永島先生來說，這是最糟的結局。」

「最糟？」

「對啊，他為了掩飾殺害賴子夫人的罪行，不得不接二連三地殺人，最後遭到逮捕。雖然不知道他最後會得到怎樣的判決，但他的人生應該完了。」

「的確。」

「這也是無可奈何啊，」水穗說：「所以俗話不是說，犯罪是很不划算的行為。」

悟淨用左手拿著皮包，用熱氣呵著右手的指尖。白色的霧氣瞬間遮住了他的臉。

「不過，也可以從這個角度來想，永島先生的命運也是經過某人的算計……」

「算計？怎麼可能？」

水穗輕輕笑了起來。誰算計他？

「比方說，某人知道賴子夫人死亡的真相，這個人想要向這三名兇手復仇。復仇的第一步，就是讓三個人中的一個人殺了其他兩個人。」

「悟淨先生……」

水穗看著他的側臉。人偶師嘴角帶著笑容，但他的眼睛完全沒有笑。

「所以，某人就故意讓永島先生看到寫給宗彥先生的信，上面寫著自己知道宗彥先生和三田理惠子謀殺了賴子夫人。永島先生看到這封信後，就不得不殺了另外兩個人。」

「…………」

「那個人的第二步復仇計畫，就是揭露永島先生的犯罪行為。為此，那個人借用了妳和青江先生的頭腦。某人用各種方法暗示妳和青江先生，讓你們察覺命案的真相。益智遊戲的書，和上面寫的內容也是其中一個環節。」

「悟淨先生，你該不會……」

「所以，青江先生幾乎查到了真相，只是缺乏關鍵證據。於是，某人又暗示小丑人偶上可能留下了指紋。事實上並不知道到底有沒有留下指紋，不，賴子夫人把人偶丟在地上這件事，也可能是那個人編出來的。但是，只要青江先生想要調查指紋，永島先生必定會有反應。沒想到青江先生竟然也被殺了——」

在他說到一半時，水穗就開始搖頭，然後雙手摸著臉頰。

「這……簡直難以置信。」

「這只是我的想像。」

說完，悟淨拿起了皮包。

「如果繼續發揮想像力，也許那個人的目的並非只是要揭露永島先生的罪行，也許會藉由做出對他的不在場證明有利的偽證，試圖永遠支配他。從某種角度來看，這才是最可怕的復仇。」

水穗感到一陣耳鳴，心跳聲幾乎震撼了全身。

「但是，我的想像毫無證據，」悟淨小聲地說：「沒有任何證據，只是覺得也可以這麼想而已。」

這時，電車在雪中駛入月台。和水穗要搭的車方向相反，悟淨準備上車。

「因為我相信妳，所以才告訴妳這些話，我想妳會把這些話埋在心裡。」

他對水穗伸出右手。水穗看著他白色掌心兩、三秒，也伸出右手，和他握了手。

當她鬆開手時，悟淨跳上了電車。黑色大衣在車窗內飄動。

他的電車離開後，水穗的電車進站了。

當水穗上車時，回頭看了一眼。十字屋應該就在她視線的方向。

她想像著十字屋積雪的樣子。

（小丑之眼）

事件解決後，悟淨帶著我離開了竹宮家。我相信那個家應該不會再發生悲劇了，但應該和我的離開無關。

一連串的事件太奇怪了。

第一次把我放在樓梯旁時，走廊的交叉點上已經放了鏡子。也就是說，其實我是被放在東側的走廊上。我是從鏡子中看到那個抱著不良於行年輕女人的男人。然後，衝上樓梯的女人把我從矮櫃上推下來——我覺得並不是把我丟在地上，而是她的手剛好碰到而已——之後，她就跳樓了。之後，有人——原來是永島——把我撿了起來，然後又放在地上，那時候，他把我從東側走廊移到了北側走廊。

這個詭計簡單卻又大膽。

不過，一切都已經結束了。

我必須思考下一個該去的地方。到底有什麼悲劇等待著我？

沒錯。

我絕對不是什麼「帶來悲劇」的小丑，而是悲劇等待著我。悟淨也很瞭解這一點。

祝十字屋幸福。

只不過有一件事讓我耿耿於懷。就是那個輪椅女孩的事。當其他人吵吵鬧鬧時，只有我和她單獨在一起。她仔細打量我的臉，流下一行眼淚，小聲地說：

「媽媽，一切都結束了。」

我覺得她內心終於得到了安寧。

她口中的結束，到底是指什麼事？

她當時說的話和臉上的表情就像一塊疙瘩，留在我心中。

謎人俱樂部

歡迎加入**謎人俱樂部**！為了感謝您對皇冠出版的推理、驚悚小說的支持，我們特別規劃推出讀者回饋活動，您只要按照規定數量蒐集每本書書封後摺口上的印花（影印無效），貼在書內所附的專用兌換回函卡上，並詳填個人資料後寄回，便可免費兌換謎人俱樂部的專屬贈品！詳細辦法請參見【謎人俱樂部】活動官網。

【謎人俱樂部】臉書粉絲團
www.facebook.com/mimibearclub

☐集滿4個印花贈品（二款任選其一）：

A：【推理謎】LOGO皮質燙銀典藏書套一個

（黑色，25開本適用，限量1000個）

B：【推理謎】吉祥物『獨角獸』圖案皮質燙金典藏書套一個

（咖啡色，25開本適用，限量1000個）

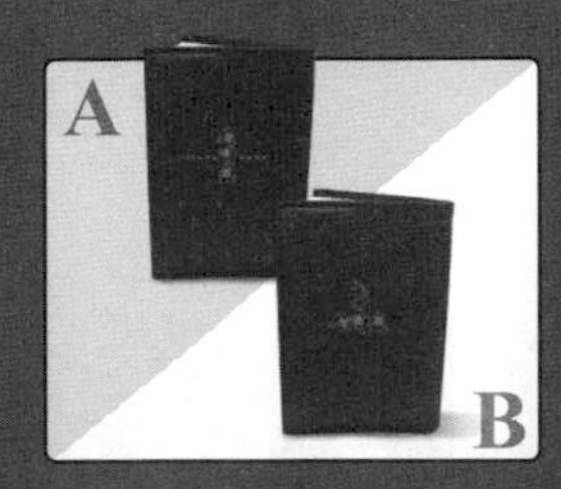

☐集滿8個印花贈品（二款任選其一）：

C：【推理謎】LOGO皮質燙金證件名片夾一個

（紅色，11.5cm x 8.6cm，限量500個）

D：【推理謎】吉祥物『獨角獸』圖案環保購物袋一個

（米色，不織布材質，41.5cm x 38.6cm，限量1000個）

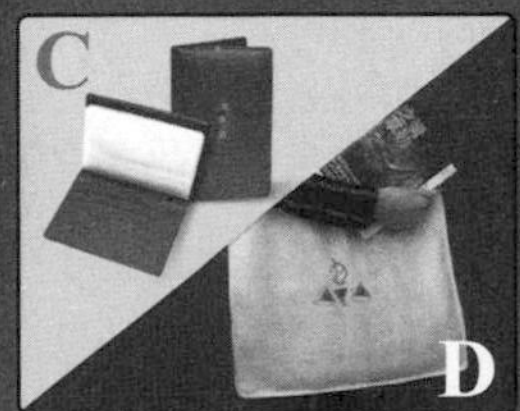

☐集滿12個印花贈品（二款任選其一）：

E：【推理謎】LOGO不鏽鋼繩鑰匙圈一個

（限量500個）

F：【推理謎】吉祥物『獨角獸』圖案馬克杯一個

（白色，320cc容量，限量500個）

謎人俱樂部會不定期推出最新限量贈品提供兌換，請密切注意活動官網和粉絲專頁。

【注意事項】

◎本活動僅限台灣地區讀者參加。

◎贈品兌換期限自即日起至2024年12月31日止（以郵戳為憑）。

◎贈品圖片僅供參考，所有贈品應以實物為準。

◎所有贈品數量有限，送完為止。如讀者欲兌換的贈品已送完，皇冠文化集團有權直接改換其他贈品，不另徵求同意和通知。贈品存量將定期在【謎人俱樂部】活動官網上公佈，請讀者在兌換前先行查閱或直接致電：（02）27168888分機114、303讀者服務部確認。

◎皇冠文化集團保留修改或取消謎人俱樂部活動辦法的權利。辦法如有更動，將隨時在【謎人俱樂部】活動官網上公佈。

國家圖書館出版品預行編目資料

十字屋的小丑 / 東野圭吾著 ; 王蘊潔譯. -- 二版.
-- 臺北市 : 皇冠, 2023.9 面 ; 公分. -- (皇冠叢書 ; 第 5115 種)(東野圭吾作品集 ;20)
譯自 : 十字屋敷のピエロ

ISBN 978-957-33-4065-2 (平裝)

861.57　　112012997

皇冠叢書第 5115 種
東野圭吾作品集 20

十字屋的小丑

十字屋敷のピエロ

作　　者—東野圭吾
譯　　者—王蘊潔
發 行 人—平　雲
出版發行—皇冠文化出版有限公司
台北市敦化北路 120 巷 50 號
電話◎ 02-27168888
郵撥帳號◎ 15261516 號
皇冠出版社 (香港) 有限公司
香港銅鑼灣道 180 號百樂商業中心
19 字樓 1903 室
電話◎ 2529-1778 傳真◎ 2527-0904
總 編 輯—許婷婷
責任編輯—黃雅群
內頁設計—李偉涵
行銷企劃—蕭采芹
著作完成日期— 1992 年
初版一刷日期— 2014 年 8 月
二版一刷日期— 2023 年 9 月

法律顧問—王惠光律師

讀者服務傳真專線◎ 02-27150507
電腦編號◎ 527220
ISBN ◎ 978-957-33-4065-2
Printed in Taiwan
本書定價◎新台幣 380 元 / 港幣 127 元

謎人俱樂部贈品兌換卡

我要選擇以下贈品（須符合印花數量）：□A □B □C □D □E □F

1	2	3	4
5	6	7	8
9	10	11	12

【個人資料蒐集、利用及處理同意條款】

您所填寫的個人資料，依個人資料保護法之規定，皇冠文化集團將對您的個人資料予以保密，並採取必要之安全措施以免資料外洩。您對於您的個人資料可隨時查詢、補充、更正，並得要求將您的個人資料刪除或停止使用。

本人同意皇冠文化集團得使用以下本人之個人資料建立該集團旗下各事業單位之讀者資料庫，做為寄送出版或活動相關資訊、相關廣告，以及與本人連繫之用。本人並同意皇冠文化集團可依據本人之個人資料做成讀者統計資料，在不涉及揭露本人之個人資料下，皇冠文化集團可就該統計資料進行合法地使用以及公布。

□同意　□不同意

我的基本資料

姓名：＿＿＿＿＿＿＿＿

出生：＿＿＿年＿＿＿月＿＿＿日　性別：□男 □女

職業：□學生 □軍公教 □工 □商 □服務業

□家管 □自由業 □其他＿＿＿＿＿＿＿＿

地址：□□□□□＿＿＿＿＿＿＿＿

電話：（家）＿＿＿＿＿＿＿＿（公司）＿＿＿＿＿＿＿＿

手機：＿＿＿＿＿＿＿＿

e-mail：＿＿＿＿＿＿＿＿

我對【東野圭吾作品集】系列的建議：

寄件人：

地址：□□□□□

北區郵政管理局登
記證北台字1648號
免 貼 郵 票
〔限國內讀者使用〕

105020
台北市敦化北路120巷50號
皇冠文化出版有限公司 收